살아가는
힘이 될 거야

살아가는 힘이 될 거야

지은이 | 지소영
초판 발행 | 2010년 6월 28일
9쇄 발행 | 2025년 3월 6일

펴낸곳 | 꽃삽
등록번호 | 제302-2005-000005호
주소 | 서울특별시 용산구 서빙고로65길 38

전화 | 2078-3333(영업부) 2078-333(편집부)
팩스 | 080-749-3705(영업부)

ISBN 978-89-92684-27-9 03810

잘못된 책은 바꾸어 드립니다.
책 값은 뒤표지에 있습니다.

독자님의 귀한 의견을 기다립니다.
tpress@duranno.com   www.duranno.com

꽃삽은 두란노서원의 에세이 브랜드입니다

살아가는 힘이 될 거야

지소영 지음

꽃삽

한홍자

시인 | 서울대학교 문학박사

지소영 작가를 만나 교제를 나눈 지난 몇 년간은 제게 큰

행운이었습니다. 그녀를 통해 세상을 아름답게 보는 법을 배웠기

때문이죠. 그녀는 어떤 어려운 일도 웃음으로 바꾸는

놀라운 능력을 갖고 있습니다. 그녀가 조곤조곤 들려주는

삶의 이야기는 평범함 속에 큰 울림을 주었습니다.

그녀를 만나고 집으로 돌아올 때면 마음에 큰 선물을 받은 것

같기도 했고, 때로는 많이 부끄럽기도 했지요.

그런 작은 이야기들이 한 권의 책으로 나온다니 참으로 감사한 일

입니다. 그녀의 웃음과 눈물, 그리고 사랑이 날줄과 씨줄이 되어

행복이란 옷감을 짜놓았습니다. 요즘 세상에서 찾아보기

어려운 아름다운 옷감입니다. 저는 감히 이렇게

말하고 싶습니다. 이 세상에서 가장 귀한 작품이라고요.

그녀의 가정은 행복이 무엇인지 잘 알고 있으며

아는 대로 살아내는 가족입니다.

흔히들 행복은 나누는 것이라고 말합니다.

그렇습니다. 누구나 생각으로는 알고 있어도 행동으로,

삶으로 살아낸다는 것은 쉽지 않습니다. 그러나 이 평범한

진리를 그들은 실천하면서 행복의 진수를 고스란히 간직하고

또다시 나누는 일을 부지런히 합니다.

언제나 이웃을 돌아보며 자신들의 행복정원으로 초청하여
살아갈 힘을 얻게 해줍니다. 그 가족의 손과 마음은
언제나 열려 있습니다. 말보다는 손과 발이 먼저 움직입니다.
그들이 지나온 길은 녹록치 않았지만 눈물로 써 내려간
발걸음이 이제 많은 이에게 새로운 도전을 줄 것이라
여겨집니다. 우리 주변에서 들리는 세상의 소식들은 나날이
어둡고 씁쓸한데 이유는 자기중심의 삶에서 비롯된 것이
아닐까요? 그래서 물질적으로는 풍요로워졌지만 마음은
점점 더 메마르고 여유가 없어 보입니다. 정서적으로
기근이 들었다는 것이겠지요. 이런 시대에 이 가족의
이야기는 오아시스이며 어둠을 밀어내는 등대이기도 합니다.
축하의 마음을 작은 글로 표현하고자 합니다.

등대

눈물로만 말이 되던 때
서러운 하늘만 보며
섬으로 서 있었다

굳어지고 메마른 땅
발 디딜 곳 찾아
맨손으로 헤치며
내일을 심었다

세상이 던지는 파도를
가슴으로 껴안으며
다스리는 법을 익혔다

이제 어둠을 한 입 베어 물고
제 안에 든 빛을 모두 꺼냈다

가늠할 수 없는 어둠의 바다에
스스로 등대가 되기 위하여

차례

2002년 어느 봄날, 동사무소 앞을 지나다가 무심결에
외부게시판에 붙은 포스터를 봤습니다. 서울시청에서 글을
공모하고 있었는데 1등에 당선되면 상금이 300만 원이라는
내용이었습니다. 눈이 번쩍 뜨였습니다. 그 당시 남편이
대학원 시험을 준비하고 있었는데 합격하는 것보다 더 큰
문제는 300만 원이라는 등록금을 마련하는 것이었거든요.
그렇게 내심 걱정거리 하나를 안고 있었는데 대학원
등록금과 상금이 묘하게 일치하는 걸 보면서 마음속으로
도전해봐야겠다는 야무진 생각이 들었습니다.

발등에 불 떨어지기 직전, 마감 삼일 전에 부랴부랴 글을
쓰기 시작했습니다. 퇴근하고 집에 돌아와 저녁을 먹고는
곧바로 남편이 밤샘 아르바이트를 하는 독서실로 달려갔죠.
거기서 꼬박 삼일 밤을 울며 글을 썼습니다.

글의 주제가 '서울 이야기'였는데 쓰다 보니까 친정엄마에
관한 내용으로 흐르고 있었습니다. 서울에서 고생고생하며
우리 사남매를 키우신 엄마 이야기! 그렇게 눈물로 쓴
글의 제목은 '서울의 어머니'가 되었습니다. 글을 다 쓰고서
발송하려는데 남편이 제 손을 잡아 글 위에 얹고
이렇게 기도했습니다.

"하나님, 제 아내에게 글 잘 쓰는 능력을 주셔서 감사합니다.
저는 아무리 생각해도 아내가 글을 잘 쓰는 것 같은데
본인은 늘 자신 없어 합니다. 며칠간 밤을 새워 고생하면서
쓴 이 글이 당선되면 앞으로 글 쓰는 사람 되라는 뜻인 줄
알겠습니다. 그래서 제 아내가 좋은 글로 사람들에게
감동을 주고, 아름다운 글로 이 세상을 밝히는 사람 될 수
있도록 도와주세요. 예수님 이름으로 기도합니다."

"아멘!"

"당신, 아멘 한 거지? 내 기도에 동의하는 거지? 당선되면
그땐 뒤로 빼지 않고 계속 글 쓰는 일을 하겠다고
오늘 하나님 앞에서 약속한 거야. 알았지?"

"에~ 누가 당선시켜준대? 그리고 당선된다 해도
이 글 한 편으로 단번에 작가가 되겠어? 당신은 진짜
말도 안 되는 소리만 해."

"당신은 이미 당선됐어. 내가 알아."

남편은 확신에 찬 표정으로 말했습니다. 마치 자기가
심사위원이라도 된 것처럼. 그런데 정말 말도 안 되는
일이 벌어졌습니다. 당선된 것입니다. 글을 보낸 후
한 달 반쯤 지났을 때 직장에서 점심을 먹던 중에 남편의
전화를 받았습니다.

"여보, 됐어."

"응? 뭐가?"

"당신이 해냈다니까."

"혹시…. 당선? 진짜? 얼마야? 얼마짜리 됐어?"

저는 상금부터 물어봤습니다.

"1등이야. 당신이 1등이야. 심사위원은 2등을 줬지만
나에겐 당신이 1등이야."

"그래서 얼만데?"

"대학원 등록금은 걱정 없어. 그리고 당신, 시상식에
참석하래."

"시상식? 그냥 상금만 보내달라고 해. 난 안 갈 거야."

며칠 후 시청에서 제게 직접 연락을 해왔습니다.

직장에 매여 어렵다고 했더니 시상식에 참석하려고
세계 여러 나라 사람들이 다 오는데, 가까운 곳에 살면서
참석을 안 하면 되겠냐며 꼭 참석하라고 했습니다.

그래서 엄마를 모시고 시상식에 참석했는데 시장님이 제 글로
심사평을 해주시는 거였습니다. 감격스러운 순간이었죠.

여기저기서 카메라 셔터 소리가 들리고 플래시가 터지고
있었습니다. 이게 꿈인가 생신가 하며 어리둥절한 눈으로
주위를 둘러보았는데 하필 그 어설픈 모습이 저녁 뉴스에
나왔지 뭐예요. 남편은 제 표정을 보고 촌스럽다고
놀렸습니다. 돌아보니 벌써 8년 전의 일이네요. 남편은
대학원을 무사히 졸업했고 저는 당선을 계기로 방송작가 일을
하고 있습니다. 이 책은 그동안 제가 지인들에게 메일로
보냈던 글 모음입니다. 짧게 쓴 앞글은 메일이고 뒷부분은
감정의 겹을 더해 새롭게 쓴 글입니다. 앞글이 빛이라면
뒷글은 그림자라고나 할까요? 그래서 읽는 맛도
조금은 다르게 느껴질 거예요. 한없이 부족한 글이지만
제목처럼 누군가에게 살아가는 힘을 실어줄 수 있다면
제게 더 없는 기쁨과 격려가 될 것 같습니다.

책이 나오기까지 격려해주신 분들을 기억합니다.

바쁘신 중에도 자신의 일처럼 기뻐하시며 추천의 글을

써주신 분들, 포기하고 싶을 때마다 힘을 실어주신

두란노의 고준영 편집장님과 가장 많이 수고의 땀을 흘린

서진아 팀장님, 밤늦도록 엄마의 원고를 읽어준 첫 번째 독자

이슬이, 먼 아프리카에서 응원해준 이삭이,

생전 처음으로 병원에 입원해 푹 쉬고 있는 남편에게도

감사의 마음을 전합니다. 사실 결혼하고서 이렇게 긴 별거(?)는

처음인데 조만간 남편이 멋진 모습을 회복하고 일어나

서점에 나가 아내의 책 한권 사주기 바라는 마음 간절합니다.

끝으로 오늘의 제가 있기까지 삶으로 헌신해주신 엄마,

지금은 천국에 계신 사랑하는 엄마께 이 책을 드리고 싶습니다.

2010년 6월 25일 **지소영**

딸에서 엄마로

"비야, 제발 많이많이 내려라. 우리 엄마 일 못하게….."
비가 내리면 일을 안 하는 대신 일당도 없다는 걸 그때 나는 몰랐다.
아니, 알았어도 좋아했을 거다.
그저 엄마만 집에 있다면 좋을 일이었다.

엄마 생각

저는 유난히 비를 좋아합니다.
제 맘을 아는 남편은
비가 오는 날이면
창문을 활짝 열어둡니다.
빗소리가 크게 들리도록….

어린 시절,
학교를 마치고 돌아오면
텅 비어 있는 집이 무섭고 싫었습니다.
온종일 엄마 생각이 떠나질 않았습니다.

제가 왜 비를 좋아하게 됐는지
나중에야 깨달았지요.
비가 오는 날이면
엄마가 일을 나가지 않고

집에 계셨거든요.
엄마가 계시는 날은
먹지 않아도 배가 불렀습니다.

요즘 저희 집에
자주 놀러 오는 동네 아이들도
어린 시절의 저처럼
엄마가 그리운 아이들입니다.
그런데 고 녀석들 몇몇이
아파트 모퉁이에 모여서
호기심에 담배를 피웠답니다.

어젯밤,
체면도 다 버리고
눈이 퉁퉁 붓도록 우는
아이들의 엄마 앞에서
저는 자정이 넘도록
아무 말 없이 앉아 있었습니다.
그분들께 별일 아니라고
다 한번쯤 그럴 수 있다고
그렇게 말할 수 없었습니다.

새벽부터 늦은 밤까지
꼬박 미싱을 돌려야만
간신히 한 달을 버틸 수 있는
아이들의 엄마는
빈 집에 남겨진 아이들이
종일 눈에 밟혔을 겁니다.

엄마의 서러움은 한순간에
봇물 터지듯 흐르고 있었습니다.
궁지에 몰려 서로 잘못을 미루던 아이들도
엄마의 눈물을 보며 따라 울었습니다.

서먹해하는 가족들을
동그랗게 앉게 하고
함께 손을 잡고서 기도했습니다.
아이들 속에서 나오는 고백은
결국 저마저도 울게 했습니다.
잊지 못할 시간이 될 것 같습니다.

그 녀석들 학교 마치고 달려오면
저는 축구하러 산에 갈 겁니다.

지난주에 몸을 날려 함께 뛰고서
삼 일간은 시름시름 앓았는데
그래서 그만 포기하고 싶은데
아이들은 제 사정은 안중에도 없습니다.
그래서 아이들이 더 예쁩니다.
어제 일은 다 잊고서
또 신이 나서 깔깔깔 웃어대겠죠.

내놓을 만한 이유를 찾지 못해도
자주 울어야겠습니다.
서러움이 목까지 차 올라와
감당치 못할 만큼
눈물을 담아둘 필요는 없습니다.
엄마니까
아버지니까
남자니까
그런 이유를 대지 말아야겠습니다.

고인 물은 썩는다지요.
우리 안에 늘 깨끗한 눈물이 흐르도록
마음을 더 많이 열어야겠습니다.

엄마 생각은

그 문을 여는 열쇠가 될 것입니다.

집안 형편이 어려워 엄마는 한때 집 짓는 공사현장으로 일을
다니셨다. 일명 '노가다'라 불리는 일! 40kg이나 되는
시멘트 포대를 등에 지고 20층 건물 위로 나르는 일이었는데
여자가 하기엔 쉽지 않은 일이었다. 지금은 공사장에
엘리베이터라도 있지만 그 시절엔 꼬박 20층까지 시멘트를
지고 올라가야 했다고 한다. 내 기억으로 엄마가 새벽마다
나가시던 일터, 그 고된 공사현장은 비가 오는 날이면 쉬었다.
그래서 하늘이 흐린 날이면 나는 마음속으로 기도했다.
"비야, 제발 많이많이 내려라. 우리 엄마 일 못하게…."
비가 내리면 일을 안 하는 대신 일당도 없다는 걸 나는
그때 몰랐다. 아니, 알았어도 좋아했을 거다. 그저 엄마만
집에 있다면 좋을 일이었다. 내가 흐린 하늘과 비를
좋아하게 된 이유는 그런 배경을 갖고 있다.
언젠가 엄마로부터 들었던 가슴 아픈 공사현장 이야기가
생각난다. 엄마는 젖먹이 막내를 데리고 일을 다녔는데,
어느 날 아기를 공사장 한쪽에 눕혀두고 시멘트 포대를 지고

건물에 올라가셨다고 한다. 그런데 누군가의 실수로
위에서 벽돌이 떨어진 것이다. 그것도 포대기 안에서 곤히 잠든
아기의 가슴 위로 말이다. 황급히 내려와 안아보니 아기는
숨을 쉬지 않았고 엄마는 그 자리에서 아기를 품에 안고
울부짖었다고 했다.
"우리 아들 죽으면 나도 죽어요. 하나님, 살려주세요.
살려주세요. 살려주시되 깨끗하게 가슴에 상처 없이 통증
하나 없이 살려주세요."
거기까지 얘기하시다가 더 이상 말을 잇지 못하셨다.
나도 엄마 앞에서 울고 말았다. 그 아기가 내 남동생인데
엄마의 기도 그대로 동생은 건강하게 자랐다. 약하기는커녕
아주 쌩쌩하게 잘 자랐다. 흔히들 부모의 자식사랑을
표현할 때 "열 손가락 깨물어 안 아픈 손가락 없다"는 비유를 드는
데 왜 그렇게 표현하는지 이제야 조금 이해가 된다.
내 방식의 해석일지 모르지만 제일 큰 아이는 첫째라서 기대감도
많고 동시에 야단도 많이 맞아 불쌍하고, 가운데 아이는 중간에
끼어 이리저리 치어서 불쌍하고, 막내는 제일 어리니까
안쓰럽고 불쌍하고…. 그래서 어느 손가락을 깨물어도
다 아프다는 표현을 쓰는 게 아닐까?

남동생은 엄마에게 늘 안쓰러운 아들이었다. 일 나가느라

젖도 일찍 떼야 했던 막내가 엄마 눈엔 언제나 밟혔던 것 같다.

그런데 그토록 안쓰럽게 여겼던 막내가 사춘기가 되자

엄마에게 큰 실망을 안겨드렸다. 제일 말 잘 듣고 착하다고

믿었던 아들이 담배를 피기 시작한 것이다. 엄마가

그 사실을 알고 서럽게 우시던 날이 또렷이 기억난다.

아들을 야단치는 대신 엄마는 스스로를 자책하시는 것 같았다.

꿈속에서도 서러우셨던지 엄마는 주무시다가도 어깨를

들썩이며 울고 또 우셨다.

우리 동네 일 다니는 아이들의 엄마, 그 엄마들이 밤늦게 고된

몸 이끌고 돌아와 아이들을 붙잡고 서럽게 울 때 내 눈엔

어린 시절 엄마의 모습이 고스란히 오버랩되고 있었다.

세월의 깊은 맛

엄마의 생신 전날 이야기입니다.
퇴근길에 미역 한 봉지와
소고기 반 근을 사 갖고 돌아와
엄마가 주무시기만을 기다렸습니다.
제 손으로 미역국을 끓여 드리고 싶었거든요.
저는 엄마 생신을 지나친 게
한두 번이 아닌데
엄마는 한 번도 자식들 생일을
잊으신 적이 없습니다.

새벽녘에 끓일까 하다가
아무래도 새벽잠 없는 엄마를
앞설 자신이 없어 미리 끓이는데
집안 가득 진동하는 참기름 냄새에
엄마가 깨실까 조마조마 했습니다.

미역국은 오래 끓여야

맛이 우러난다 해서

약한 불에 올려두고

오래오래 끓였습니다.

뽀얗게 국물이 우러나

한 술 떠서 맛을 봤는데

엄마가 끓여주신

그 맛이 아니었습니다.

엄만 도대체 뭘 넣는지

똑같은 재료를 쓰는데도

맛은 천양지차입니다.

엄마의 사랑을 따라갈 수 없듯

미역국의 깊은 맛을 흉내 낼 수 없듯

제 삶은 아직도 어딘가 어설프고

밋밋한 맛이 납니다.

늦은 밤, 국솥의 불을 끄고 잠자리에 들며

모든 깊은 맛은 세월 속에 있음을 알았습니다.

미역국도 오래 끓여야 맛이 나는 것처럼

우리 삶의 이야기도 오랜 세월 속에서

그 맛이 깊어진다는 걸 알았습니다.

엄마를 위해 처음이자 마지막으로 끓인 미역국이었다. 위암으로
투병하시던 엄마는 그 다음 해 여름 하늘나라로
가셨으니까. 절대 못 보낼 것처럼, 결코 못 잊을 것처럼
울던 때가 엊그제 같은데 사람의 기억에 한계가 있다는 게
어찌 보면 감사할 일이다. 여러 해가 지나는 동안 엄마에 대한
추억도 그리움도 많이 희미해졌다.

오늘 아침, 오랜만에 미역국을 끓였다. 생일이면 늘 미역국을
끓여주시던 엄마, 그 기억 때문인지 나도 식구들 생일
전날엔 미역을 물에 담가두고 잔다. 조선간장으로 맛을 낸
미역국이 바글바글 끓을 즈음 남편이 주방으로 나와
한마디 건넸다.

"생일 축하해. 직접 끓여주려고 했는데 늦잠을 잤네. 미안해."
"괜찮아. 생일은 무슨…. 살아 있는 날이 생일인 거지."
사실 나보다 솜씨가 좋은 남편이다. 언젠가 한번 미역국을
직접 끓여줬는데 맛이 일품이었다. 어쨌거나 오늘 미역국은 오래
끓이지 못해서인지 깊은 맛은 없었다. 아니면 내겐
여전히 깊은 맛을 내는 솜씨가 없거나.

미역국을 먹는데 문득 옛날 일이 생각났다. 우리 사남매 중

셋은 집에서 낳았는데 나만 종합병원에서 낳았다며 아버지는
가끔 자랑스러운 듯 말씀하셨다. 병원 간호사들에게 영화
티켓을 돌렸다는 얘기도 함께….

그 얘기를 들을 때면 나는 태어날 때부터 사랑을 많이 받은 것
같아서 기분이 좋았다. 아버지는 나를 무척 예뻐하셨는데
무엇이든 내게 필요한 것은 최고급으로 사주셨다. 가정형편은
넉넉지 않았지만 난 여유 있는 아버지의 모습이 싫지 않았다.
오히려 그 때문에 잘사는 친구들을 보면서도 크게 위축되지
않았던 것 같다. 내게는 센스 있고 여유 있는 아버지가 계시다는
이유로 말이다. 그런데 그렇게 나의 자존심을 세워주는
아버지는 일 년에 잘해야 한두 번 정도만 집에 오셨다.
처음엔 다른 집 아버지도 다 그런 줄 알았다.

어린 시절의 내게 아버지는 슈퍼맨 같았다. 어느 날 갑자기
나타나서 선물을 안겨주고 금세 사라지는 슈퍼맨.

엄마는 변변한 옷 한 벌 없이 늘 행색이 초라했는데
아버지는 언제 봐도 핸섬해서 아버지가 집에 오시는 날이면
은근히 동네에 나가 자랑을 하기도 했다. 그러나 멋진 슈퍼맨의
추억은 오래가지 못했다. 철이 들면서 진정한 아버지는
일 년에 한두 번 나타나는 슈퍼맨이 아니라는 걸 알게 된 것이다.
아버지가 집에 오시는 날 밤이면 우리 사남매는 잠결에
엄마의 한숨 섞인 음성을 듣곤 했다. 언제까지 그렇게

동에 번쩍, 서에 번쩍 뜬 구름 잡고 다닐 거냐, 송충이는 솔잎을
먹고 살아야 한다, 혼자서는 애들 못 키우니까 다 데리고 가라는
등 엄마의 목소리는 우리가 들을 걸 염려해 낮게 깔려 있었지만
한방에 누운 우리 귀엔 얘기소리가 다 들렸다.
아버지는 이제 곧 일이 잘 풀릴 거라고, 일 잘되면 좋은 데로
이사 가자고 하셨지만 엄마는 믿지 않는 것 같았다. 매번 두 분의
이야기는 심각했다. 그러나 그것은 내가 고민할 문제가 아니었다.
나는 그저 아버지가 오신 게 좋았고, 집에 계속 계셨으면
좋겠다는 생각을 하다가 스르르 잠이 들곤 했다.
그러나 잠에서 깨어나면 아버지는 안 계셨다.
마치 꿈을 꾼 것처럼 아버지는 날이 새면 사라지고 없었다.

우리 사남매는 모두 엄마의 손에서 컸다. 엄마는 우리를
키우느라 공사장에도 나가셨고, 물지게를 지고 집집마다 물을
길어다 주는 물장수도 하셨고, 심지어는 변소의 똥을 푸는
일도 하셨다. 또 어느 해인가는 빵을 쪄서 머리에 이고 다니며
동네방네 팔러 다니는 행상도 하셨는데 그 시절 나는
엄마의 빵이 다 팔리지 않기를 얼마나 고대했는지 모른다.
남은 빵은 모두 우리 몫이었으니까. 우리는 그렇게 배고픈
시절을 근근이 살았고 엄마는 어떻게든 우릴 먹이고 입히기 위해
몸이 부서져라 일을 했다. 엄마는 대중목욕탕 청소도 하셨는데

매번 엄마가 하는 일은 너무나 궂은일들이어서 나는 그게
부끄럽게 생각됐다. 혹시라도 누가 알까봐 마음이 조마조마했지만
고생하시는 엄마를 외면할 수는 없었다.

고등학교 때는 3년 내내 엄마의 목욕탕 청소 일을 도왔다.
학교 끝나고 집에 가는 시간이면 목욕탕도 문을 닫는
시간이어서 밤마다 목욕탕에 들러 엄마랑 청소를 했다. 엄마가
비눗물을 풀어 벽면을 닦고 바닥에 솔질을 해주면
나는 탕 안의 물을 퍼서 쫙쫙 끼얹었었는데 엄마랑 호흡이 잘
맞아 정말 재미있게 일을 했다. 무엇보다도 청소를 마친 후
개운하게 샤워하고 엄마 팔짱을 끼고 집으로 돌아가는
그 시간이 내겐 참 행복하게 느껴졌다. 엄마는 워낙 성실하고
깔끔하셔서 10년간 그 일자리를 놓치지 않았다.
그러던 어느 날, 목욕탕 주인이 옥상의 물탱크 청소 일을 맡겼는데
물탱크 안에 들어간 엄마가 물이끼에 미끄러져 그 자리에서
대퇴부가 골절되고 말았다. 엄마는 두 달 넘게 병원에
누워계셨는데 다리에 철심을 박아 공중에 매달아 두는
치료 때문에 나는 엄마의 대소변을 다 받아내야 했다. 정말
치열하리만큼 열심히 살았던 날들이었다. 이른 새벽부터 밤늦도록
집과 병원과 직장을 오가면서도 힘든 줄 몰랐다.
아니 힘들다는 생각을 할 여력이 없었다. 그런데 엄마가 퇴원하던

날, 나는 가슴이 무너져 내렸다. 치료를 받았음에도 불구하고
엄마가 다리를 절게 된 것이다. 그 때 처음으로 사는 게 참
힘들다는 생각을 했다. 내 머릿속엔 날개가 한 쪽 뿐인 새가
떠올랐다. 집안에 가장이 없다는 것은 날개 하나를 잃어버린 새가
하늘을 날려고 버둥거리는 것과 같다는 생각이 들었다.
엄만 과부도 아닌데, 남편이 멀쩡히 살아있는데
혼자 그 고생을 하며 우리를 키워낸 것이다.
나는 차라리 아버지가 돌아가신 친구들이 부러웠다.

구구절절이 다 말할 수 없는 아버지에 대한 감정을 무엇으로
표현할 수 있을까? 감정 변화로 든다면 따뜻함, 그리움,
미움, 원망, 이제는 애잔함…. 수도 없는 감정들이 내 가슴을 훑고
지나간다. 엄마의 가슴앓이를 생각해본다. 그 심정을 어찌 다
헤아릴 수 있을까. 슈퍼맨 아버지는 내가 결혼할 무렵, 뇌졸중으로
길에서 쓰러진 후에야 완전히 귀가하셨다. 그 긴긴 방랑의 세월을
마치고 말이다.
나는 코에 호스를 꽂고 병원에 누워 있는 아버지를 향해
베개를 던지며 통곡했다. 왜 왔냐고, 처자식 아랑곳 않고 나가서
잘 살더니 왜 이런 꼴로 나타나 우리 발목을 잡는 거냐고,
쓰러지니까 아무도 거들떠보지 않더냐고…. 악을 쓰며 울었다.
말리는 엄마 손을 뿌리치며 펄펄 뛰면서 울었다. 내가

엄마였다면 절대로 안 받아줬을 거다. 난 세상에서 제일
바보 같은 사람이 엄마라고 생각했다. 엄만 속도 없는 사람이라고
생각했다. 한평생 힘들게 하고 외롭게 하고 눈물 마를 날 없게 한
남편이란 걸 뻔히 아는데, 엄마는 자식들 앞에서 감정 내색을
절제하셨다. 음식 깊은 맛은 손맛이고 사람 됨됨이를 보는 맛은
인내심인가? 그렇다면 나는 결코 그 맛을 흉내 낼 수
없을 것 같다.
아버지는 내 결혼식 날, 병원에서 외출허가를 받고 나오셔서
내 손을 잡고 식장에 입장을 해주셨다. 쓰러질 듯 아슬아슬한
아버지의 걸음걸이에 사람들은 가슴을 졸이며 눈시울을
붉혔지만 나는 차마 울 수 없었다. 결혼식 내내 웃었다.
양가 부모님께 인사를 드릴 때도 계속 웃어야 했다. 내 깊은 눈물
샘이 터져버리면 결코 멈출 수 없다는 걸 알았기에….

엄마 돌아가시고 그새 또 많은 시간이 흘렀다. 세월이
약이라더니 가족 간에 모진 마음은 오래가지 못하는 것 같다.
그것이 혈육의 정인가 보다. 지나간 시절 생각하며 쏟아내는
원망이 아무런 소용이 없다는 걸 이제는 안다. 또다시
시간 낭비하는 결과를 초래할 뿐 그것은 우리 인생에 아무런 약이
되지 못한다는 것을…. 엄마 돌아가신 후 아버지를 모시고 함께 사
는데 요즘 들어 부쩍 아버지의 머리가 희어졌다.

새벽이면 산에 올라 운동도 하시고 스스로 건강을 잘 유지해
오셨는데 최근엔 체력이 달리시는지 산에 가는 횟수도
줄어들었다. 매일 아침 신문을 읽다 좋은 글 있으면 가위로
오려서 책상 위에 가만히 놓아주시고 언젠가는 새벽기도 가시며
내 머리맡에 '잠꾸러기'라고 써놓고 가신 아버지.
간혹 맛있는 빵집에 들러 "무슨 빵 사갈까?" 라고 전화하시는
아버지. 그 센스는 세월이 가도 변함이 없구나 싶었다.
며칠 전엔 작은 유리병에 빨간 장미 두 송이를 담아 말없이
내 책상 위에 올려주셨다. 아파트 화단에서 꺾어 오신 것 같아
한소리 할까 하다가 그냥 말았다. 감사하다는 말도 좋은 내색도
안했지만 바라볼수록 장미꽃이 예뻤다. 매번 감정 없는 사람처럼
싸늘하게 반응하는 딸을 보면서도 아버지는 이제나 저제나
허허 웃으시며 그 마음을 표현하신다. 그만 용서할 때도
됐는데 내 마음과 행동은 왜 이렇게 늘 따로국밥인지 모르겠다.
이제는 정말 아버지를 사랑해야 할 때임을 안다. 속에서 엄마의
음성이 들려오는 것만 같다.
"지난일 원망 말고 잘 해드려라. 그게 결국 너를 위한 일이야. 나
중에 후회하면서 눈물 흘리지 말고 살아계실 때 잘 해드려."

오늘이 내 생일이라서 더 그런가? 미역국 좋아한다고 한 솥씩
끓여주시던 엄마가 유난히 그립다. 살림하는 모양새도,

음식솜씨도, 마음의 깊이도 엄마를 닮으려면 나는
아직 멀었다. 특히 아버지에 대한 마음은 더더욱 그렇다. 사실
엄마의 삶을 돌아볼 때면 아버지에 대한 씁쓸한 마음을
감출 수 없다. 나는 우리가 살아온 날들을 누군가에게 보일 수
있으려면 한 편의 드라마처럼 비극이든 해피엔딩이든 결론이 나야
한다고 생각했다. 그러나 다시 생각해보니 인생은
끝나지 않는 드라마라는 결론에 이른다. 살아가는 동안
끊임없이 희비가 교차하는 드라마가 곧 인생인 것이다.
그간 엄마 잃은 내 아픔만 생각하고 아내 잃은 아버지의 마음을
깊이 헤아려 본 적이 없었다. 가끔 엄마 이야기를 꺼내면
긴 한숨 몰아쉬는 아버지를 보게 된다. 별 말씀은 없으시지만
마음속으로 얼마나 회한의 눈물을 흘리실지, 얼마나 엄마가
그리우실지 가만히 생각해 보게 된다.
나는 언제쯤이면 너그러운 맘으로 세월의 깊은 맛을 내는
사람이 될까? 그리고 언제쯤이면 과거에 매인 마음을
털어버리고 아버지를 향해 마주 앉게 될까? 흘러가는 시간은
언제까지나 나를 기다려주지 않을 텐데 말이다.

엄마의 봄

"엄마 없으면 나 어떻게 살아?"
엄마 옆에 누워서 물었습니다.
"으응… 살다 보면 살아져."
곤히 주무시는 줄 알았는데
제 질문에 바로 답을 줍니다.

병실의 1인용 침대 위에
엄마랑 함께 누웠는데
좁지가 않습니다.
며칠 새
겨울나무처럼
앙상해져 버린 엄마

똑 똑
시계 초침처럼

엄마 몸속으로 흘러드는
링거의 수액을 하루 종일
세고 있었습니다.

아무 생각도 나지 않습니다.
다시 스르르 눈 감은
엄마를 깨우고 싶지만
정말 곤히 잠드신 것 같습니다.

달력을 보니
엊그제가 입춘이었네요.
밖은 아직도 많이 추운데
살금살금 봄이 오고 있나 봐요.

엄마에게도
곧 봄이 오려는가 봅니다.
엄마가 가장 보고파 했던 봄
언젠가 꿈속에서 가보셨다던
꽃길이 만발한 저 하늘의 봄

창밖엔 여전히

춥고 건조한 바람이 불고 있는데
손끝 아린 바람이 불고 있는데
아…
엄마는 혼자서
자꾸만 자꾸만
봄을 찾아가고 있어요.

엄마가 투병하신 날들은 내 인생의 겨울과도 같았다. 창밖엔
봄꽃이 한창이었지만 난 꽃을 바라볼 여유가 없었다.
평생 의지했던 엄마, 밥 안 먹어도 엄마만 옆에 있으면 배부르고
든든했는데 우리 엄마가 나를 놔둔 채 자꾸 어디론가 가고 계셨다.
언제든 부르면 즉시 답을 주시던 엄마가 아무리 불러보고
흔들어도 대답을 잘 못하셨다. 바람 빠진 풍선처럼
엄마는 힘이 없었다. 그런 모습을 지켜보는 내 가슴엔 추운
겨울바람이 불었다.

엄마를 병실에 눕혀두고 가끔씩 집에 들르면 엄마 없는 집은 속이
빈 소라껍질 같았다. 현관에 남겨진 엄마의 낡은 신발도
서랍장 안에 깨끗이 삶아 정리된 하얀 속옷 몇 벌도 엄마를

보는 것 같아 시려오는 눈을 제대로 뜨기가 힘들었다.

빈 집안이 울리도록 어린 아이처럼 엄마를 목 놓아 부르다가
자리에서 일어나 눈물을 훔쳐내며 밀린 집안일을 했다.

엄마 말처럼 "살다 보면 살아져"라고 혼잣말을 하며 집안을 쓸고
닦았다. 나는 여전히 엄마에게 기대고 싶은 여린 딸인데
엄마는 아무런 힘이 없었다.

엄마 돌아가시고 어린 시절의 산동네가 생각나 다 철거되어
숲으로 변한 그곳을 얼마 전에 올라가 보았다. 어릴 때
뛰어놀던 공터, 그 옆으로 움푹 패인 바위! 사람들은 그곳을
'해골바위'라 불렀는데 앙상한 겨울나무 사이로 바위가
한눈에 들어왔다. 비 오는 날이면 난 그 안에 들어가 쪼그리고
앉아 비에 젖어드는 숲을 말없이 바라보곤 했다. 바위 안에
혼자 앉아 있으면 괜히 슬퍼지면서 일 나간 엄마를
그리워했던 날들이 기억의 수면 위로 올라왔다.

해골바위 앞에 섰지만 어릴 때처럼 그 안에 들어가 앉을 수는
없었다. 바위는 그대로인데 삼십 년 세월 속에 내가
너무 많이 커버렸다. 금방이라도 어디선가 엄마가 나타나
한마디 하실 것 같았다.

"해 떨어진 지가 언젠데 여태 놀아? 얼른 들어가서 밥 먹자."
혼자 앉아 소꿉놀이하던 그 흙이었을까? 발밑의 흙을

한 줌 만져보고 철거된 집터에 남은 분홍색 기왓장 조각을 보니
어찌나 반갑던지…. 겨울이면 빨개지는 내 얼굴을 보며 사과
같다고 놀리던 그 시절 사람들, 그 소박한 눈빛과 수수한
웃음소리가 많이 그리웠다. 그중에서도 엄마가 가장 그리웠다.
이상하게 엄마는 곁에 있어도 그리웠다.

요즘처럼 마음 고달픈 날이면 자식들에게 엄마는 더욱 그리운
이름이 되는가 보다. 우리 엄마, 나에게 지금 이렇게
말씀하고 계실까?
"괜찮아, 괜찮아, 모두 다 과정이야. 다 지나가는 거야."
세상살이 몸으로 마음으로 다 겪어내고 어설픈 자식들 바라보며
할 말도 참 많았을 텐데 엄마는 말씀이 별로 없으셨다.
그러나 자식들 향한 사랑이 얼마나 지극했는가를 우리 사남매는
모두 알고 있다. 엄마가 우리에게 남기고 간 것이 무엇인지
가만히 생각해본다. 엄마를 생각하면 내 가슴엔 말할 수 없는
뭉클한 감동이 인다. 흔한 것, 쉽게 드러낼 수 있는 것은 감정이지,
감동은 아니다. 감동은 그 생명이 감정보다 길다. 감동은
한 사람의 인생을 바꾸기도 하니 말이다. 엄마는
내 인생 켜켜이 감정이 아닌 감동을 남겨두고 가셨다.
내 가슴에 여전히 살아 계신 사랑하고 존경하는 엄마에게
오늘은 이렇게 물어보고 싶다.

“엄마, 벙어리 평생, 귀머거리 평생, 봉사 평생 그렇게
살다 가시고 지금은 행복한가요? 지금은 그곳에서 봄날을
보내고 계신가요?”

믿음의 유산

어제 오후
소나기가 한차례 지나가더니
날이 더 선선해졌습니다.
이제 그 무덥던 여름도
끝자락을 보이며
막바지 고개를 넘고 있습니다.

병상에 계시던 엄마는
입추를 삼 일 앞두고
하늘나라로 가셨습니다.
오늘은
엄마의 작은 서랍 두 칸,
그곳에 담긴 옷 몇 벌과
소지품을 정리했습니다.
엄마가

이 세상에 남겨두신 전부는

살아오신 삶처럼

단순하고 검소해서

굳이 정리랄 것도 없었습니다.

서랍 속 무명저고리처럼

한평생

이름 없이

빛도 없이 사셨던 엄마는

이제야 빛이 나고 있습니다.

친자식 말고도, 친부모 말고도

엄마가 자식처럼 거둔 아들, 딸들.

부모처럼 섬겨온 분들…

빈소를 찾아오신 분들은

제가 몰랐던

엄마의 이야기를 들려주셨습니다.

떠난 뒤에 비로소

살아온 날들이 빛으로 드러난 엄마는

마지막으로 당신의 육신을 나누어

또 누군가에게 빛을 보게 하셨죠.

이 세상 어느 자식인들

엄마를 더 부르고 싶지 않을까,

엄마와의 이별이 낯설지 않을까,

낡은 서랍을 열어두고 앉아

가만히 생각해봅니다.

산 사람은 살아야 한다고

바쁜 일상 속에 잠시 잊고 있다가도

불현듯 엄마 모습 떠오르면

한동안 잠가둔 마음의 수문이

힘없이 열리는 걸

아직은 막을 길이 없습니다.

엄마의 손때 묻은 성경책 안에

밑줄 쳐두신 구절들과

즐겨 부르시던 찬송가는

엄마가 남겨주신

믿음의 유산입니다.

이제 그 믿음 지키며

더 씩씩하게 살아야겠습니다.

엄마는 삶의 마지막을 경기도에 위치한 호스피스 기관에서
보내셨다. 위독하시다는 소식을 듣고 부랴부랴 엄마 곁에 갔을
때는 이미 의식이 없으셨다. 기관 담당자는 마음의 준비를 하고
엄마의 침대를 임종실로 옮기라고 했다. 그 말에 나는
놀란 토끼 눈을 했다.
"상태가 좋아지시면 다시 일반실로 모셔도 됩니다. 임종실은
가족들과 마지막을 편하게 보낼 수 있는 더 좋은 방이니
그렇게 하시죠."
언니는 담담한 표정으로 부드러운 가재수건에 물을 묻혀
의식 없는 엄마의 얼굴을 닦아드리기 시작했다.
그러더니 밝은 소리로 엄마에게 이야기했다.
"엄마, 개운하지? 깔끔하기로 두 번째 가라면 서러워할 우리
엄마가 이렇게 오래 누워서 씻지도 못하고 얼마나
답답했을까. 얼굴을 닦았으니 이젠 양치를 해드려야겠다.
소영아, 물 좀 떠와라."
나는 멍하니 서서 엄마가 정말 가시려는 건가 생각하느라
언니가 부르는 소리를 놓치고 있었다. 임종실로 모신 후,
가족들 모두 엄마가 좋아하시는 찬송을 불러드렸다. 엄마를 유독

사랑하던 막내 동생은 차마 입을 떼지 못하고 오열했다.

무엇을 잘못했다는 건지 알 수 없었지만 동생은 엄마 손을
잡고 그 말만 되풀이하며 하염없이 울었다. 이제 다들
어른인데 자식을 둔 부모가 됐는데 우리는 어린아이처럼 엄마의
마지막을 지켜보며 울고 또 울었다. 그렇게 한참을 울다가
엄마를 더 이상 힘들게 하지 않기로 했다.

"엄마, 죄송해요. 편히 가세요. 엄마가 보여주신 대로,
가르쳐 주신 대로 우리 그렇게 살아갈게요."

엄마는 미동도 안 했지만 우리의 말을 들으신 것 같았다.
얼마 있지 않아 엄마는 가셨다. 그토록 사모하던 하늘나라로….
장례식장엔 많은 분들이 찾아오셨다. 평소 아는 사람도
별로 없는 듯 단순하고 조용한 삶을 사신 분인데 엄마는 당신이
떠난 후에 그토록 많은 사람들이 올 걸 알고 계셨을까?
이름도 얼굴도 처음 보는 분들, 잠깐 계시다 가실 줄 알았던
분들이 밤이 되도록 돌아가지 않고 엄마의 사진 앞에 앉아 계셨다.
날이 새도록 앉아 계셨다. 고단했던 삶을 사셨지만,
아무도 알아주지 않는 삶이었지만, 얼마나 이 세상을 아름답게
살다 가셨는지 우리는 엄마가 떠나시고 나서야
진실을 알게 되었다. 얼마 전 어디에선가 우연히 읽게 된

글인데 엄마를 생각나게 하는 글이어서 이곳에 옮겨본다.

그 사람의 진실은

그의 뒷모습에 있다.

그가 돌아섰을 때

그가 떠났을 때

그가 멀어졌을 때

그의 진실을 알게 된다.

말을 들어도 모른다.

얼굴을 보아도 모른다.

눈물을 흘려도 모른다.

하지만 뒷모습은

순결한 미지의 땅이어서

그대로 드러난다.

뒷모습을 보라.

그러면 알게 된다.

그의 진실을.

내 마음의 풍금

어릴 적 저 다니던 교회엔
작고 낡은 풍금이 있었어요.

학교 마치면 쪼르르
교회로 달려가
예배당 마룻바닥에 엎드려
숙제도 하고
심심해지면 풍금을 열어
동요 계이름도 눌러보고
풍금은 혼자 있던 제게
소리 나는 친구였죠.

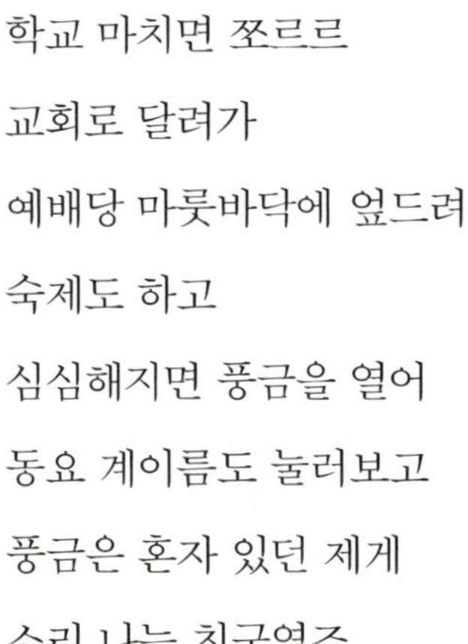

지대가 높다는 이유로
교회가 철거된 후
교인들은 흩어지고

낡은 풍금은
저희 집으로 옮겨졌어요.

엄마는 가끔 풍금을 열고
삐걱삐걱 소리 나는
페달을 밟아가며
찬송을 불러주셨는데
벌써 삼십여 년 전 일이에요.

지난 주일 예배 때
찬송을 부르는데
문득 엄마 생각이 났어요.
무작정 엄마가 보고 싶어져서
엄마의 손을 만져보고 싶어서
엄마의 음성이 듣고 싶어서
훌쩍거리며 한참을 울었어요.
다행히도 사람들 찬송소리에
제 흐느낌이 덮여서 마음 놓고
울었어요.

교회의 그랜드 피아노가

눈물에 흐릿하게 보이면서

제 마음엔

삐걱삐걱 소리 나는

엄마의 풍금소리가

가득 울려 퍼지고 있었어요.

나는 엄마의 노랫소리를 들으며 자랐다. 찬송가를 거의
외우다시피 하던 엄마. 엄마는 찬송가도 잘 부르셨지만 가곡도
좋아하셨다. 님이 오시는지, 비목, 목련화, 보리밭….
하루하루 사는 것은 빠듯하고 힘들었지만 새벽으로 밤으로
나지막하게 부르던 엄마의 노래는 다른 어떤 음악보다 듣기
좋았다. 우리가 잠든 시간엔 머리맡에 앉아 허밍으로 불러주시고,
평상시에는 가사를 실어 불러주셨다. 엄마의 노래를 얼마나
많이 들었던지 나는 그 긴 가사들을 다 외웠다. 지금도 웬만한
찬송가는 1절부터 4절까지 모두 외워 부를 수 있다. 그런데
엄마가 노래를 잘 하신 건 이해가 됐는데 풍금을 치시는 게
참 신기했다.
"엄마, 피아노 학원 다녔어?"
"아니."

"근데 어떻게 쳐?"

"악보 보고 치지."

"어떻게? 위아래로 콩나물이 이렇게나 많은데 어떻게 다
한꺼번에 쳐?"

엄마는 웃으면서 하나도 안 어렵다고 하셨다. 열두 남매 중
위로 오빠 한 분을 두고 밑으로 열한 명의 동생들을 다 돌봐야
했던 엄마는 학교공부도 제대로 못하신 분이다. 동생들을 등에
업고 집안일과 농사일을 도왔는데, 항상 잠이 부족해서 어느 날은
몸이 좀 아팠으면 좋겠다고 마음속으로 기도를 하셨다나.
그랬더니 정말 고열로 아파서 일어나지 못하고 삼 일간을
누워 앓으며 원하던 잠을 실컷 잘 수 있었다고 하셨다.

엄마는 일제 때 잠깐 학교 다닌 것이 전부라고 했는데
일본어도 잘하시고 음악책 악보도 줄줄 읽어내셨다. 제대로
공부를 했더라면 뛰어난 분이 되지 않았을까 싶다. 엄마는
헌신적인 분이었다. 엄마에게 단 하나뿐인 오빠의
대학등록금을 마련하기 위해 헌혈을 여러 번 했다고 한다.
피를 팔아서까지 자기 오빠의 등록금을 대준 사람이라며
아버지가 엄마를 회상하시며 들려주신 말씀이다.
한 알의 밀알이 땅에 떨어져 썩을 때 비로소 열매가 맺힌다는 걸
알고 계셨던 엄마, 다른 누가 대신 썩어주길 바라신 게

아니라 본인이 썩어지는 삶을 마다 않으셨던
사랑하는 우리 엄마.

엄마의 노래와 엄마의 풍금소리는 그래서 더욱 값지게
내 가슴에 살아서 울려나는가 보다. 내 기억에 남아 있는
엄마의 노래를 한 소절도 잊고 싶지 않다. 그래서 오늘도 나는
노래를 부른다. 엄마가 우리에게 그랬던 것처럼 아이들의
머리맡에서 노래를 부른다. 나지막한 소리로,
때로는 허밍으로, 잠든 아이들의 머리를 쓸어 넘기며
엄마처럼 노래를 부른다.

딸에서 엄마로

굴비를 한 두름 샀습니다.
생선 만지는 걸 꺼려했던 제가
굴비를 손질해서 냉동실에 넣다가
또다시 엄마 생각에 잠깁니다.
생선 다듬던 엄마 곁에 다가서면
비린내 난다고 물러서라 하시던,
식탁에 오른 생선의 가운데 토막은
자식들에게 밀어주시고
당신은 어두일미라며
대가리께만 발라 드시던 엄마

아직도 서툰 제 부엌살림은
엄마의 깊은 손맛을 흉내 내기엔

갈 길이 한참이나 멀었지만
조금씩 더듬듯

엄마의 손길을 따라갑니다.
세상의 모든 딸들을
진정한 엄마 되게 하려고
때가 되면 엄마들은
훌쩍 떠나시는가 봅니다.

아버지를 여읜 선배 언니는
자신의 홈페이지에
아버지에 대한 사랑과
눈물과 그리움을 담아내던데
저는 그리움이 일 때마다
꾹 덮어뒀던 것 같습니다.

어제는
아이들 생일 때 찍어둔 동영상에
엄마가 나오는 걸 보고
몇 번이나 되돌려 보았습니다.
예전엔 아이들만 보였는데
어제는 엄마만 보였습니다.
좀 더 자세히 엄마를 보고픈데
엄마는 그저 스치듯 찍혔을 뿐

보고 싶은 만큼

보이지가 않았습니다.

목이 뜨거워집니다.

마침 혼자 있는 시간,

엄마를 크게 불러보는데

한 번 부르고는

더 이상 소리를 내지 못합니다.

이렇게 하루하루 살아가며

거듭나는가 봅니다.

딸에서 엄마로

거듭나는가 봅니다.

엄마를 생각하면 가끔 김창완 씨의 노래 〈어머니와 고등어〉가 생
각난다.

한밤중에 목이 말라 냉장고를 열어보니

한 귀퉁이에 고등어가 소금에 절여져 있네

어머니 코 고는 소리 조그맣게 들리네

어머니는 고등어를 구워주려 하셨나 보다

소금에 절여놓고 편안하게 주무시는구나

나는 내일 아침에는 고등어구일 먹을 수 있네

어머니는 고등어를 절여놓고 주무시는구나

나는 내일 아침에는 고등어구일 먹을 수 있네

나는 참 바보다 엄마만 봐도 봐도 좋은걸

자식들은 다 그런가 보다. 엄마만 봐도 봐도 좋은가 보다.

이슬이도 매일 품 안으로 들어와 "엄마 좋아. 엄마 냄새 좋아"

하면서, 마치 내가 어릴 때 우리 엄마에게 하는 말을

들은 듯이 똑같은 소릴 한다. 그럴 때면 나는 속으로 말한다.

"이슬인 좋겠다. 봐도 봐도 좋은 엄마가 곁에 있으니…."

일주일에 한 번씩 아파트에 장이 설 때면 시장에 나가 고르는

단골 메뉴가 자반고등어다. 따로 요리할 필요 없이 그냥

구우면 되는 간편함 때문이기도 하지만 엄마가 자주

해주시던 반찬이라 고등어는 내게 아주 익숙한 생선이다.

생선을 구운 날이면 나는 서둘러 밥상 앞에 앉아 가시 발라내기

무섭게 아이의 밥숟가락 위에 올려주고 남편 앞에

밀어주고 아버지 앞에 놓아드린다. 우리 엄마가 가족들에게

그렇게 하셨던 것처럼.

부족하고 어설프지만 조금씩 조금씩 내게서 엄마의 모습을 본다.

자식들 입으로 들어가는 밥숟가락을 보면 덩달아 배가 부르다는
어른들의 표현을 자식 낳아 밥 먹여보니 알겠다.
내가 자라면서 한참 잘 먹을 때 엄마가 밥을 드시는지,
거르시는지, 우리 엄마는 어떤 음식을 좋아하시는지 별로
관심이 없었다. 엄마가 투병하실 때, 이 세상에서의 삶을
얼마 남겨두지 않았을 때 그제야 엄마가 좋아하는 음식이
뭐였던가 생각해보았다. 무엇이든 드시고 싶은 게 있다면 다
해드리고 싶었다. 그러나 그때는 이미 엄마가 아무 음식이나
드실 수가 없는 상태였다.
디지털 카메라가 쏟아져 나오던 시절, 아이들 사진을 찍고,
풍경을 찍고, 심지어 음식사진은 찍으면서도 '엄마를
찍어드려야지'라고 생각해본 적이 없다. 그래서 지나간 앨범엔
엄마의 사진이 거의 없다. 엄마가 돌아가신 후 내겐
봐도 봐도 좋을 엄마 사진이 몇 장 없다. 왜 그땐 몰랐을까.
엄마가 언제까지나 내 곁에 계실 수 없다는 걸.

물이 위에서 아래로 흐르는 것처럼 자식을 향한 사랑은 내가 애쓰
지 않아도 자연스럽게 흘러간다. 넘치도록 흘러간다.
끊이지 않고 흘러간다.
그러나 부모님을 향한 자식들의 마음은 다르다. 의식을 하고 마음

을 쓰지 않으면 어느새 시간도 기회도 지나간다.

언제까지나 그 자리에 계실 것 같지만 그렇지가 않더라는

것이다. 힘들게 자식들 키우느라 겉으로 내색은 다 못하셨어도,

봐도 봐도 좋은 그 마음이 또한 우릴 바라보던 부모님의

심정이 아니었을까? 눈에 넣어도 안 아픈 게 자식이라는 말은

거기서 생겨난 게 아닐까? 〈어머니와 고등어〉의

마지막 부분처럼 봐도 봐도 좋을 엄마가 아직 곁에 있는

사람은 좋겠다. 함께 맛있는 음식도 먹을 수 있고, 함께 사진을

찍을 수도 있을 테니까.

새벽밥

요즘처럼 날씨가 쌀쌀해지면
아침을 든든히 먹어야 한다고
엄만 늘 잔소리처럼 말씀하셨죠.

엄마의 등쌀에
밥 한 사발 뚝딱
국에 말아 먹고
등굣길에 나서면
정말 속이 훈훈한 게
추위를 잊을 수 있었죠.

따뜻한 김 오르는
밥솥을 열 때마다
새벽밥 지어
식구들 먹이던

엄마가 생각납니다.
오늘 새벽엔
잡곡밥에
칼칼하게 북어국을 끓여
김치 한 포기 송송 썰어내고
밑반찬 몇 가지로 식탁을 차렸습니다.

뜨겁다며
투덜대는 아이를 달래가며
호호 불어 밥 한 그릇 먹여
학교에 보내니
마음이 왜 이리 든든한지

새벽을 열고
모락모락 김 오르는 밥솥을 열어
한 주걱 밥을 푸다 보면
오늘을 살아갈 희망도
함께 퍼집니다.

새벽밥
돌아가신 엄마가 가르쳐주신

희망의 또 다른 이름입니다.

우리 집 아이들은 아빠에게 점수를 더 많이 준다. 아무래도
엄마랑은 늘 붙어살고 아빠는 아침저녁으로 좋은
분위기에서만 만나니까 그런 거겠지. 엄마는 집안에서 온갖
잔소리에 심술궂은 역은 다 맡아 하니까 자연히 그럴 수밖에
없겠지. 그런데 아이들이 유독 나에게 후한 점수를 주는
한 가지는 바로 아침밥이다. 엄마에게 가장 고마운 점은 아침밥을
차려주는 것이라나. 누가 엄마의 장점이 뭐냐고 물으면
즉시로 하는 이야기!
"우리 엄마는요, 밥을 꼭 줘요."
간혹 아이들이 늦장을 부려 학교에 지각할 경우가 발생해도
아침밥을 걸러 보낸 적이 없다. 다른 건 양보해도
아침밥 거르는 건 결코 양보 못하는 엄마다. 왜냐면
우리 엄마가 그러셨으니까.

엄마는 아침식사가 하루의 에너지 효율을 조절한다는 걸
아셨을까? 나는 여기저기서 주워들은 정보로 아이들이
아침밥을 먹으면 학교에서 공부가 잘 된다는 걸 알았지만

우리 엄마는 사람은 '밥심'으로 산다는 이유 하나로 아침을 꼭
챙겨주셨다. 어디 그뿐이었는가. 내가 아침밥 먹는 사이
학교에 가져갈 점심 도시락 반찬을 싸느라 고민이
많았던 엄마.
요즘은 아이들 학교 보내기가 참 편해졌다. 급식이 나오니까.
내가 학생일 당시 엄마는 어려운 살림에 변변한 반찬을
싸줄 수 없어서 늘 미안해하셨는데 그나마 잘 싸주신
최고급 단골 반찬은 계란프라이였다. 밥 위에 계란프라이를
올리고 도시락 뚜껑을 꼭 닫아 밥이 식지 않게 손수건으로
여러 번 싸서 가방에 넣어주셨다. 점심시간에 도시락을 열면
소시지, 오징어채볶음, 소고기장조림을 싸오는 친구들이
내심 부럽기도 했지만 나는 계란프라이와 김치 한 병만으로도
감사하며 점심을 먹었다.
그런데 어느 날 점심에 내 짝꿍이 아주 괘씸한 짓을 했다.
나의 계란프라이를 홀랑 걷어가 먹어버린 것이다. 말은
안 했지만 속으로 화가 났다. 그리고 집에 돌아와
엄마한테 일렀다. 엄마는 별 말씀 없이 그랬냐며 넘어가셨다.
내 편도 안 들어주신 채.

다음 날 점심시간! 여느 때처럼 도시락을 열었다.
그런데 늘 올려져 있던 계란이 안 보였다. 어찌된 일인가 싶었다.

달랑 김치만 싸주시다니…. 섭섭한 마음으로 김치 뚜껑을 열고 밥
을 한술 떠서 입에 넣었는데 글쎄 계란이 씹히는 것이 아닌가.
아, 엄마, 엄마, 우리 엄마.
계란프라이를 밥과 밥 사이에 넣은 것이다. 도시락에 밥을
얇게 깔고 그 위에 계란프라이를 놓고 그 위로 다시 밥을 덮은
것이다. 아무도 뺏어 먹을 수 없게 말이다. 난 밥을 먹다가
그만 얼굴이 빨개지고 말았다. 친구들이 알면 치사하다고
놀릴 것 같았다. 엄마가 어떻게 그런 생각을 하셨을까 싶었다.
당신 딸이 섭취해야 할 유일한 영양 공급원인 계란을
빼앗기게 할 수 없다고 고도의 머리를 짜내신 것이 분명했다.
자식들 입에 무어라도 좋은 것 하나 더 넣어주고 싶은
엄마의 심정을 그 당시는 잘 몰랐다. 좋은 반찬 싸주지 못해 늘
안쓰러워하시던 엄마, 계란프라이를 중간에 깔면서까지
뺏기지 않기를 바라셨을 엄마의 마음을 생각하니
코끝이 찡해온다.

요즘은 무엇이든 풍족해서 오히려 아이들 입맛이 까다롭다.
맛있는 것이 맛있는 줄도 모르고 감사한 줄도 모른다. 그저
다들 그렇게 먹고 사는 것인 줄로 알고 당연하게 여긴다. 아이들
학교 급식봉사를 하러 가면 반찬이 무척이나 고급스럽다.
학생들에게 하루에 필요한 영양성분을 곰곰이 따지고

분석한 갖가지 반찬들이 식판 위에 올려진다. 그런데
그 맛있고 영양가 많은 음식을 깨끗이 먹는 아이들은 몇 안 된다.
대부분의 아이들이 젓가락으로 몇 번 뒤적거리다가 음식물
수거함에 쏟아버린다.
"골고루 먹어야 키가 쑥쑥 자라지. 다 먹어보자. 응?"
한 대 '콩' 쥐어박고 싶은 마음을 애써 누르며 웃으면서
아이들을 달랜다. 그러나 들은 체도 않고 쏟아버린다.
"굶겨야 돼. 굶어봐야 돼. 니네 삼 일만 굶어봐라."
속으로 별의별 말이 다 나온다. 오직 속으로만. 새벽밥을 지어
든든한 아침을 열어주시던 엄마. 도시락 중간에 계란프라이를
숨겨두신 우리 엄마. 엄마의 그 따뜻한 밥과 영양 만점인
계란프라이와 세계 최고의 발효음식김치 한 병으로
오늘 나는 건강한 두 아이의 엄마가 됐다. 아이들에게 다른
점수는 못 따도 좋다. 새벽을 열고 아침밥을 지어 든든하게
먹여 보내는 엄마의 역할, 아이들에게 유일하게 받아내는
그 한 가지 점수만으로도 나는 만족한다.

젖어버린 마늘

베란다에 널어
햇볕에 바짝 말려둔 마늘이
밤새 들이친 빗물에
푹 잠겨버렸습니다.

그 세찬 빗소리를 듣고도
왜 마늘 생각을 못했을까요?
젖어버린 마늘을 뒤적이며
엄마 생각을 합니다.
엄마 같았으면
잊지 않고 거둬들였을 텐데….

"눈 맵다. 냄새난다.
손끝 아리니까 만지지 마라."

여러 가지 이유를 대시며
해마다 마늘을 혼자 까던 엄마
엄마가 하늘나라 가신 지 3년째
이젠 저도 마늘을 좀 깝니다.
실은 엄마처럼 혼자서는 아니고
여러 사람들과 함께 깠습니다.
올해는 세 접을 깠더니
눈도 맵고, 손끝도 아프고
정말 냄새도 오래가더라고요.

아직까지 제 손은 괜찮은데
이러다가 엄마의 손처럼
고운 데도 없어지고
지문도 엷어지고
마디가 굵어질까 싶어
내심 걱정도 되지만
이 세상에 그 무엇도
수고 없이 얻어지는 것은
없다는 생각이 듭니다.

궂은일 많이 한 그 손으로

가끔은 예배당에 홀로 앉아
풍금을 치시던 엄마가
오늘 아침 많이 보고 싶어지네요.

저도 이제쯤은 엄마처럼
살림 사는 솜씨가
손에 붙을 때도 됐는데
젖어버린 마늘을 뒤적이는
아직은 어설픈 주부입니다.

서둘러 젖은 마늘을 까야겠습니다.
그리고 다음에 비가 내리면
반드시 빨래와 마늘부터
거둬들여야겠습니다.

경상북도 예천군 호명면 월포리는 남편이 자라난 곳이다.
태생이 시골이라서 그런지 남편은 입맛도 시골스럽다. 과일과
채소를 좋아하고 익은 것보다는 풋것을 좋아한다. 집 앞에
밭이 있어서 고추, 상추, 깻잎, 쪽파 등 다양한 채소를 언제든

즉석으로 따다 먹어 버릇해서인지 남편은 맛이 들고 익은
것보다는 생으로 먹는 걸 좋아한다. 김치도 겉절이를 좋아한다.
겉절이 한 접시만 있으면 다른 반찬은 손도 안 대고
큰 양푼에 겉절이와 고추장을 넣어 쓱쓱 밥을 비벼 먹는다.
그걸 숟가락 들고 옆에서 뺏어 먹으면 어찌나 맛있는지
별미가 따로 없다.
남편이 좋아하는 것 또 한 가지는 바로 마늘장아찌!
해마다 마늘이 쏟아져 나오는 5월이면 우리는 다른 집보다
마늘을 많이 산다. 5월의 가장 어려운 집안 살림은 '마늘 까기'라
고나 할까? 재작년인가도 마늘을 두 접 사다가 큰 함지박에 담아놓
고 열심히 까고 있었다. 엄마 말처럼 눈도 맵고 손끝도 아리고
여간 힘든 게 아니었다. 아무리 까도 마늘이 줄지 않는 것 같았다.
그런데 그때 번뜩이는 묘수가 생각났다.
나는 마늘이 든 함지박을 들고 노인정 앞 정자마루로 갔다.
거기서 까면 눈도 안 맵고 집안에 냄새도 안 나고 지루하지도 않을
거라는 생각이 들어서였다. 역시나 내 생각은 적중했다.
5월의 신선한 바람은 매운 냄새를 바로 실어가 버렸다. 그런데
더 감동적인 것은 할머니 몇 분이 옆으로 오셔서 마늘을 까주시는
게 아닌가. 마침 심심하던 차에 잘 됐다며…
할머니들 손이 얼마나 빠르던지 마늘은 눈 깜짝할 사이에
알몸이 됐다. 그날의 감동을 잊지 못하며 나는 작년에도 노인정

앞에서 마늘을 깠다. 물론 또 돕는 손길이 있었다. 사실 내가
몇 쪽 까지도 않았는데 할머니들 손에서 마늘은 모두 옷을 벗었다.

나는 할머니들이 참 좋다. 마늘을 까주셔서 그런 게 아니라
어려서부터 할머니들이 그냥 좋았다. 어른들 옆에 앉아서
이런저런 이야기를 들으면 큰 가마솥에서 긁어낸 구수한 누룽지를
먹는 기분이 들었다. 옛 어른들은 지혜롭다. 할머니들 곁에 앉아
있으면 재미있는 이야기도 듣게 되지만 무엇보다도 살림의 지혜를
한 수 배우게 된다. 할머니 한 분이 마늘을 다 까지 말고 어느 정도
남겨서 햇볕과 바람이 잘 드는 곳에 널어두고 생마늘 양념이
필요할 때마다 까서 쓰라고 하셨다.
그래서 마늘을 베란다에 널어뒀는데 비가 오는 날 모두 젖어버린
것이다. 경험을 통해서 나는 또 배운다. 살림을 대충대충 해서는
안 된다는 걸. '살림'이라는 말이 어디서 유래됐는지 몰라도
잘 생각해보면 매우 의미심장한 말이다. 집안 살림을 통해
가족을 살리는 일이 '살림'인 것이다.
그러니까 다시 말해 살림은 곧 '살리는 일'이다. 젖어버린
마늘을 보며 살림의 참의미를 깨닫다니, 정말 대단하지
않은가? 이제 곧 5월이다. 시장에 마늘이 나오면 나는 제일
먼저 달려갈 것이다. 올해도 두 접을 사야겠다. 내 마늘을
까주실 할머니들께 드릴 맛있는 간식도 함께.

이삭이와 이슬이네 집

엄마를 보자 "으앙~" 하고 울음을
터뜨리는 아이를 "괜찮아" 하며 안아주었더니
눈물 가득한 눈에
금세 개구진 웃음이 번져납니다.

엄마의 편지

첫아이 이삭이가 아장아장 걸음마를 배울 무렵,
작은 수첩을 마련해 아이에게 편지를 썼습니다.
아이의 기저귀를 갈아줄 때면
"엄마 마음속에 있는 더러운 찌꺼기도
너처럼 밖으로 버리고 싶다"고 적었습니다.
봄이면 파릇파릇 움트는 새순 이야기도 적고
여름이면 아이스크림 같은 시원한 사람이 되자고,
가을이면 높은 하늘처럼 꿈을 크게 갖자고,
겨울이면 군고구마처럼 따뜻한 사람이 되자고,
문학소녀 같은 기분을 한껏 살려 편지를 썼습니다.

작년 늦가을엔 아이들과 도서관에서 나오다가
저녁노을이 하도 아름다워
사인펜으로 그림을 그려 넣기도 했습니다.
솜씨도 별로 없으면서

나름대로 감격을 표현해본 겁니다.
그렇게 사계절이 여러 번 바뀌는 동안
아이를 향한 제 마음속 이야기를
작은 수첩 안에 차곡차곡 담았습니다.

이삭이가 떠듬떠듬 동화책을 읽던 날,
그날은 정말 감격스러웠습니다.
그동안 쌓였던 엄마의 편지가
드디어 읽히게 되었으니까요.

아이가 초등학교 1학년에 입학하던 날엔
겉표지에 '엄마의 편지'라고 쓴 노란 수첩을
가방에 넣어주었습니다.
그리고 거기다 매일 한 장씩 편지를 써주었죠.
학교에 도착하면 꺼내 읽을 수 있게 말이죠.
물론 둘째 아이 이슬이에게도 똑같이 했습니다.

가족들이 모두 잠든 밤이나 이른 새벽
가장 고요한 시간을 택해 편지를 썼습니다.
그것은 엄마 품에서 빠져나간 아이들과
소통하는 연결고리와도 같은 일이었죠.

간혹 엄마의 편지 뒷면에
아빠가 보너스로 몇 마디 적어주면
아이들은 좋아서 어쩔 줄 몰랐습니다.
저희 가족에겐 서로를 향한 편지가
귀한 자산으로 쌓여가고 있습니다.

연애 시절, 제가 보냈던 편지를
하나도 버리지 않고
차곡차곡 파일에 끼워 보관한
남편의 정성을 알게 된 후
저도 남편이 가끔씩 주는 쪽지를
소홀히 여기지 않고 있습니다.

사실 지금은 잘 모르겠지만
때때로 삶에 지친 어느 날,
그간의 편지를 한번씩 꺼내 읽으면
박카스 먹은 것보다 더 힘이 날 것 같습니다.
그러면서 가족 간의 사랑을 확인하게 되겠죠.

언제까지나 편지를 쓰는 엄마가 되고 싶습니다.
이것 하나만은 놓치지 않는 엄마이고 싶습니다.

 이삭이와 이슬이네 집

그래서 저는 오늘도 아이들에게 보내는
'엄마의 편지'를 다시 펼쳐 듭니다.

지난 일들이 가물가물 기억이 잘 안 나는데 '엄마의 편지'를 펼쳐
들면 지나간 어제의 시간들이 모두 살아서 오늘이 된다. 수첩을
열어 그 지나간 일들을 조금 소개해볼까 한다.
다음은 아이가 네 살 되던 해에 적었던 엄마의 편지다.

이삭아, 우린 지금 강원도 홍천 솔무치 농장에서 살고 있단다.
이곳에 함께 사는 사람은 어른들을 포함해서
경현 누나, 명현이, 미현이, 너까지 여덟 명이야.
엄마는 올해부터 이삭이의 일과를 조금씩 적어 나가기로 했어.
이담에 커서 보면 좋은 추억들이 되살아나겠지?
솔무치 언덕의 양과 염소들, 아름다운 자연들, 그리고 이곳의
가족들이 너에게 아름다운 추억으로 남으리라 믿어.
사랑한다. 이삭아.

〈인어공주〉 비디오를 보더니 "아아아 아아아아~"
멜로디를 익혔다.

화장실에서 응가를 하고난 뒤 물 위에 동동 뜨는 똥을 보더니
물고기라고 말했다.
그러고는 물을 내리면서 "아아아 아아아아~" 하며
〈인어공주〉 노래를 불러 엄마에게 웃음을 주었다.

최근 엄마에게 안 좋은 말을 배웠지.
"몰라."
만나는 사람들에게 무작정 "몰라."
이삭이가 말을 듣지 않을 때 엄마가 감정적으로 처리했더니
이삭이도 그대로 따라 했어.
엄마가 사과할게.
이제 좀 더 기다리고 인내하면서 차근차근 설명해줄게.
이삭이도 잘 따라와 줄 거지?

모든 물건을 발가락으로 잘 집어 올리는 엄마를
이삭이도 따라 했다.
그걸 보던 아빠, "이삭아, 손으로 해야지."
"그럼, 나도 어른 되면 발로 해도 돼?"
"…."

이삭이가 말을 안 들어서 엄마가 소리를 질렀더니
울먹이면서 하는 말,

"엄마가 크게 말하니까 메아리가 울려요."
아, 사랑스런 아들.

밥 먹는 태도가 좋지 않아 아빠께 매 맞고 벌섰다.
벌서면서 엄마에게 하는 말,
"엄마, 아빠가 날 왜 때리는지 물어봐."
"…."

분명 이삭이를 키우며 내가 썼던 글인데 처음 읽는 글처럼,
수첩을 닫고 싶지가 않을 만큼 재미있다. 밤이 많이 깊었지만
오늘은 시간이 좀 걸려도 지나간 '엄마의 편지'를
다시 한 번 쭉 읽어봐야겠다.

얼레리 꼴레리

"얼레리 꼴레리 누구누구는~."
형아들이 놀려대자
이삭이는 달기똥 같은 눈물을 흘립니다.
지난주,
배탈이 나서 조퇴하고 집에 오는데
그만 바지에 실수를 했답니다.
그것이 소문난 것입니다.

오늘은
친구들과 깡통차기 하다 너무 재미있어
미루고 미루다 보니 그만 또….
당황한 나머지 훌쩍훌쩍 울었더니
아이들이 또 알아챘답니다.
다시 시작된 '얼레리 꼴레리'

엄마를 보자 "으앙~" 하고
울음 터뜨리는 아이를
"괜찮아" 하며 안아주었더니
눈물 가득한 눈에
금세 개구진 웃음이 번져납니다.

똥이 묻었다고 아이까지 더럽진 않습니다.
냄새가 나도 사랑하는 마음은 여전합니다.
엄마의 마음은 다 그렇습니다.

시원하게 쏟아지는 샤워기의 물로
그새 또 엄마에게 장난을 걸어옵니다.
아이처럼 이 아이처럼
단순하고 맑아지고 싶다는 생각을 해봅니다.
내 속에 담긴 더러운 찌꺼기도
모두 쏟아져 나왔으면 좋겠습니다.

하나님도 안아주시며 제게 그러실 텐데.
"괜찮아."

우리의 더러움도 눈물도

아버지 앞에선 부끄러움이 아님을
오늘도 아이를 보며 배워갑니다.

나는 똥을 참 잘 치우는 편이다. 유치원 교사로 일하면서 주로
어린 반을 맡았던 경력 때문인지 몰라도 어딜 가나 똥 치울
일이 많이 생기곤 했다. 이상하게 내 눈엔 똥이 잘 보였고,
일단 보고 나면 후딱 치워야 속이 편했다. 그냥 두었다가 다른 데
묻거나 무심결에 지나는 사람이 밟거나 하면 더 낭패라는 생각이
들었다. 그래서인지 내 주변 사람들은 똥이 보이면 약속이나
한 듯 날 불러댔다.
"큰일 났어요. 얼른 와봐요."
나는 속으로 이렇게 말하며 뛰어갔다. '큰일은 무슨….
또 누가 똥을 싼 거겠지.'
똥 치우는 경험을 처음 한 것은 초등학교 3학년 때로 기억된다.
그때 같은 반에 우동진이라는 친구가 있었는데 동진이는
항상 웃는 아이였다. 늘 입을 반쯤 벌린 채로 웃고 있었는데
내 눈엔 동진이가 그렇게 착해 보일 수가 없었다.
동진이는 날마다 아빠와 함께 등교했다. 스스로 학교에 찾아올
수 없는 친구였기 때문이다. 그런데 어느 날, 수업시간에

동진이가 바지에 실수를 했다. 삽시간에 퍼진 냄새로 교실 안은
술렁이기 시작했고 눈치를 챈 선생님은 동진이 쪽으로 오시더니
밖으로 나가라고 하셨다. 내 뒷자리에 앉아 있던 동진이는
엉거주춤한 자세로 일어나서는 더 이상 움직이지 않고 가만히
서 있었다. 그런 모습에 선생님은 짜증이 나셨는지 큰소리를
치셨다. 어서 나가라고….
동진이가 뒤처리를 잘 할 수 없는 아이라는 건 우리 반
모두가 아는 일인데 한창 수업 중에 발생한 일이라서 그랬는지
선생님은 좀 역정이 나신 듯했다. 그때 학교 화장실은
재래식이었고 씻으려면 운동장을 가로질러 얼마쯤 가야
수돗가가 있었는데 도대체 동진이에게 어쩌라는 건지 내
머릿속은 복잡했다. 난 용기를 내서 교실 뒤에 비치된 비누를
들고 나가 어찌어찌해서 동진이의 뒤처리를 도왔다.
속옷도 입지 않은 채 앞지퍼가 고장 나 열려 있는 동진이의
바지를 옷핀으로 여며주며 혹시라도 찔리면 어쩔까 싶어
얼마나 떨었던지 지금도 그때를 생각하면 아찔하다.
여벌 옷이 없었기 때문에 동진이는 실수한 바지를 계속 입고
있었고 그날 우리 교실은 암모니아 향으로 가득했다.
아, 지금 다시 하라면 절대 못할 것 같다. 도대체 어디서 그런
용기와 배짱이 생겼는지 어느 땐 내가 왜 그랬을까 싶은
생각이 들기도 한다.

5학년 때도 역시 같은 반 친구를 데리고 나가서 씻는 걸 도운
적이 있다. 그 아이도 남학생이었는데 너무 안 씻는다고
선생님이 불같이 화를 내셔서 서둘러 그 친구를 재촉해
수돗가로 나갔다. 그 바람에(?) 나는 학교에서 선행 표창장을
받았다. 요즘으로 치자면 '착한 어린이상'이다. 나는 그저
똥만 치웠을 뿐인데….

그 이후로도 나의 '똥 스토리'는 계속되었다. 공부하던 독서실
세면장에서, 아이들과 놀러간 수영장에서, 동네 골목에서,
눈에 보이는 똥은 어김없이 치웠다. 그 현장을 몇 번
목격한 친구는 가끔 지나간 이야기를 꺼내며 박장대소한다.
사람 사는 곳에는 항상 똥이 있다. 모든 생명체 안에는 똥이
들어 있다. 사람들은 기분 나쁜 일을 당하면 "똥 밟았다"라고
말한다. 그러나 우리도 모두 안에 똥을 담고 산다.
사실 보이는 똥이 뭐가 그리 더러운가.
이삭이에게 "얼레리 꼴레리" 하고 놀린 짓궂은 친구들,
지들은 똥 안 싸고 사나? 급하면 바지에 쌀 수도 있는 거지.
이삭이가 실수를 좀 자주 하는 건 인정한다. 언젠가도
바지에 실수를 하고 급히 집으로 오는데 친구들이 아는 체를 해서
다른 곳으로 막 도망을 쳤다나. 근처 아파트 건물에 숨어 있다가
친구들이 다 지나간 후에 주변을 살피며 간신히 집으로 왔다고
했다. 노는 데 정신 팔리면 자신의 생리욕구도 조절 못하는

개구쟁이. 또 한번은 급한 김에 동네 공중화장실에 갔는데
글쎄 휴지가 없더라는 것이다.
어떻게 했느냐고 물었더니 대답이 가관이었다.
"그냥 나왔지. 똥꼬에 힘을 주면 팬티에 안 묻거든. 그래서
힘을 꽉 주고 나왔는데 집으로 오다가 힘 주는 걸 까먹었어.
그래서 조금 묻었어."
이삭이도 웃고 나도 웃고 우리는 그냥 한참을 어이없이 웃었다.
"그래, 잘했어. 빨면 되지 뭐. 더 큰 실수를 안 한 게 다행이네."
아이에게 괜찮다고 말해주면서 나의 내면에 쌓인 찌꺼기도
버리고 싶었다.
남들에겐 보이지 않지만 정말 더럽고 부끄러운 것들,
그것을 버리고 싶었다. 보이는 건 잘 치우는데 나는 아직도
보이지 않는 것에는 신경을 덜 쓰고 산다. 언제쯤 마음에
쌓인 이 찌꺼기를 다 처분할 수 있을지 걱정이다. 아참, 이삭이의
응가사건은 모두 초등학교 1학년 때 일이다. 이슬이가 곁에서
잔소리다. 오빠의 부끄러움을 들춰냈다며 어릴 때 있었던
일이라고 반드시 부연설명을 하란다. 지극한 오빠 사랑….
그 누구도 말릴 수가 없다.

흐뭇해

아이들과 전철로 외출할 때면
전철 안에서 자주 만나는
장애인과 불우이웃을 외면할 수 없습니다.

오늘도 시각장애인 부부와
뇌염모기에 물려 허리가 휘었다는 아저씨와
늙으신 할머니 한 분을 만났습니다.
아이들은 한 분도 외면하지 않고
뛰어가서 모금함을 채워드렸습니다.

집에 돌아와 일기로 남긴 이삭이의 글입니다.

"모기에 물려 허리가 휜 아저씨께
돈을 드렸더니 글쎄…
아저씨가 나에게 껌을 한 통 주셨다.

세상에~ 그렇게 고마운 아저씨가 있을까.
나는 너무 감동적이라고 생각했다."

이삭이의 일기는 저를
한참 웃게 했습니다.
전철 다음 칸까지 한참을 뛰어가서
기어이 모금함을 채우던 아이들을 보며
앉아서 웃던 승객들의 표정도 생각납니다.

아이들이 오늘
엄마의 얼굴에도
이웃들의 얼굴에도
해를 띄웠습니다.
해처럼 밝은 흐뭇'해'를….

전철 안에서 장애인을 두세 분 정도 만난 날은 그런대로 흐뭇한
날이다. 그러나 아이들과 전철을 탈 때면 나는 내심 갈등을
하곤 했다. 전철에서 만나는 불우이웃은 한두 명이 아니기

때문이다. 어느 날인가도 아이들과 함께 전철을 탔는데 몸이
불편해 보이는 아저씨가 도움을 청하며 힘겹게 걸어오고
계셨다. 나는 지갑에 잔돈이 없다는 생각에 순간적으로 눈을
질끈 감았다. 그러자 곁에 앉아 있던 두 아이가 집게손가락으로
내 눈을 열었다.

"어서 눈 떠. 엄마, 정말 이러기야? 엄마가 지금 모른 척해서
저 아저씨 잘못되면 어떻게 할 건데?"

아이들의 소리는 누구라도 들릴 만큼 컸다. 너무나 민망한
마음에 나는 모기만한 목소리와 여우 같은 눈으로 아이들을
협박했다.

"조용히 안 할 거야? 그리고 엄마 지금 돈 없어."

"어디 봐. 지갑 봐. 에이~ 있으면서 뭘 그래. 엄마, 그러면
안 돼."

"아~ 진짜 이놈들을 그냥….."

어려운 이웃을 보면 외면하는 거 아니라고 가르친 건 나였다.
그러나 정작 현장에서 그런 갈등을 겪게 될 줄이야.

이젠 아이들과 전철을 탈 때면 천 원짜리 지폐를 여유 있게
준비한다. 사실 어느 땐 차라리 택시를 탈까 하는 생각도
든다. 택시비보다 돈이 더 드는 때가 있기 때문이다. 그러나 나의
좁은 생각을 이내 바꾸었다. 전철에서 어려운 분을 돕는 것은

아이들이 직접 경험하는 '삶의 체험현장'이라는 생각이 들었기
때문이다. 우리 아이들이 살아가며 실천하길 바라는 나눔의 삶!
그런 삶을 가르치는 데 엄마의 입장에서 지불하는 대가가
택시비 정도라면 아주 싼 값이라는 생각이 들었다. 마음의 눈을
새롭게 뜨면 세상이 달라 보인다. 그날 이후로 우린 즐겁게
전철을 타고 다닌다. 고민하지 않고 작은 물질이나마
나누기를 실천한다.

고 김준곤 목사님의 《예수칼럼》이라는 책을 읽은 적이 있다.
오래전이어서 정확히 기억나지 않지만 요즘 세상은 속아주는
인정이 아쉽다는 내용의 글이었다. 천 원짜리 한 장 내어주면서
'혹시 속는 건 아닐까?' 하고 고민하는 마음보다는 설령
속을지라도 나누는 인정, 우리 사회에 그런 훈훈한 인정이
아쉽다는 말씀이셨다.
무슨 일이든 마음을 정하면 어떻게 행동해야 할지 분명한
기준이 선다. 아이들이 마음을 정하고 행동에 옮기는 모습을 보는
엄마의 마음은 천금을 얻은 것보다 더 기쁘다고 해야 할까?
아이들 키우며 오히려 내가 더 배우게 되고 잃어버린 순수함도
찾고 이렇게 흐뭇하게 웃을 수도 있으니 나는 분명 수지맞은
엄마임에 틀림없다.

칸이 모자라는 일기장

하얗게 눈이 내렸습니다.
아이들은 기다렸다는 듯
밖으로 뛰어나가
아빠와 함께
내리막길의 눈도 치우고
눈사람도 만들고
눈밭에 누워 뒹굴어도 보고
친구들과 편을 갈라
눈싸움도 했답니다.

해가 지고도
한참이 지나서야 들어온
아이들 바지 끝자락엔
꽁꽁 고드름이 매달려 있었어요.
눈보라 속에서 추위를 잊고

양 볼이 빨갛도록 뛰어놀던
동네 아이들이 예뻐
아빠는 자장면을 한턱냈다는군요.

다른 날보다 일찍 잠이 든
아이들의 그림일기장엔
칸이 모자랄 만큼
즐거운 이야기가 넘쳐났고
그림 속엔 눈사람과 아빠와 친구들이
행복하게 웃고 있었어요.

엄마는 감기 걸릴까 걱정했는데
아이들은 오히려 더 건강해진 얼굴입니다.
다른 날보다 밥도 많이 먹고
만족해하며 잠자리에 든 아이들은
아마도 꿈속에서
또 눈사람을 만들고 있을 겁니다.

어릴 때 아빠랑 놀았던 추억이 없는 나에게 우리 아이들이 아빠와

즐겁게 보내는 모습을 보는 것은 더없는 행복이다. 남편도
마찬가지로 어려서 아빠와 놀았던 기억보다는 해 뜨면 밭에
나가셨다가 해 지면 들어오시는 아버지의 모습만 기억에 남아
있다고 한다. 그래서인지 아이들과 함께 하는 시간을 많이
가지려고 노력한다. 늦게 들어오는 날에도 잠든 아이들 머리맡에
앉아 잠시라도 볼을 쓰다듬어주고 보듬어준다.

다음은 인터넷에서 우연히 읽은 내용인데, 어느 기업체에서
'가족과 함께 즐거운 하루' 란 주제로 청소년 미술작품을
공모했다고 한다. 그런데 출품된 초등학생 그림의 주인공이
대부분 엄마였다고 한다. 반면 아버지 모습은 그림 속에 거의
없었고 간혹 담배를 피우거나 TV를 시청하는 모습만 있었다고
한다. 내가 아는 어떤 분도 아들이 그림일기 속에 아빠를 그려
넣었는데 비 내리는 것처럼 사선을 여러 개 그어놓고 그게
아빠라고 했단다. 매일 바쁘게 휙휙 지나가는 아빠를
그렇게 표현했다는 것이다. 우리나라는 OECD 27개국 중 연간
노동시간이 제일 많은 나라라고 한다. 직장과 일 중심의
조직문화에 갇혀 사는 아버지들. 가족과 함께할 시간이 턱없이
부족하고, 그러다 보니 아버지는 집에서 점점 손님 같은
존재가 되어만 간다. 문득 미국의 외교관이자 정치가였던
찰스 애덤스의 감동적인 일화가 생각난다.

영국 주재 대사로 지내던 찰스 애덤스는 어느 날 아내에게 등이
떠밀려 여덟 살까지 어린 아들과 함께 낚시를 다녀왔는데
중요한 일들을 다 처리하지 못해 그날 일기장에
"아들과 함께 낚시를 갔다가 하루를 낭비했다"고 썼다.
후에 유명한 역사학자가 된 그의 아들 브룩스 애덤스는 우연히
자신의 일기장에서 낚시 갔던 날의 일기를 읽고 아버지에게
편지를 썼다."아버지는 늘 바쁘고 저와 함께 할 시간이
없으셨지만, 아버지와 함께 했던 낚시의 추억은 오늘의 저를
만들었습니다." 그리고 자신이 여덟 살 때 썼던 일기장을
아버지께 보내드렸다. 그날 아들의 일기에는 이렇게 쓰여 있었다.
"아버지와 함께 낚시를 갔다. 내 생애 가장 멋진 날이었다."

아이들 그림 속에서 찾아볼 수 없는 이 시대의 아버지들….
아이들의 마음속에서, 아이들의 추억 속에서 사라지는 것은
아닐지 걱정된다.
눈 내리는 날 함께 눈사람을 만들어줄 아빠, 비 내리는 날
첨벙첨벙 빗물 웅덩이에서 장난을 쳐줄 아빠, 아이들에겐
가끔씩이라도 그런 날들을 함께 해줄 아빠가 필요하다. 자라나는
우리 아이들 그림 속에 아빠가 많이 등장했으면 정말 좋겠다.
아이들 일기장에도 아빠와 함께하는 시간들이 자주 기록된다면
이 세상은 얼마나 더 따뜻하고 행복해질까?

이삭이의 점수

밤늦게 일을 마치고 돌아와 방에 불을 켜니
책상 위에 이삭이의 일기장이 놓여 있습니다.
가방을 내려놓고 일기장부터 집어 들었습니다.
오늘의 제목은 '수학 시험지' 였습니다.

"난 오늘에서야 수학 시험지를 받았다.
그런데 65점을 맞았다.
난 깨달았다.
노력을 좀 더 해야 공부를
잘 해낼 수 있다는 것을….
공부를 열심히 하면
아빠처럼 꼭 큰일을 하는
사람이 될 수 있다고 생각한다."

이삭이의 일기를 읽으니

 이삭이와 이슬이네 집

어깨 위에 쌓인 며칠의 피로가
씻은 듯 달아났습니다.
아래는 이삭이가 초저녁에 전화통화로
들려준 이야기입니다.

"엄마, 놀이터에서 지옥탈출을 하는데
글쎄 옆집 사는 영훈이가 어떤 애한테
'이 싸가지 없는 놈아'라고 했어.
엄마, 그거 나쁜 말이지?
그래서 내가 이렇게 말해줬지.
참는 자에게 복이 있다고…."

"그리고 있잖아. 엄마,
승현이가 자기는 술래 하기 싫다며
자꾸 울어서 내가 양보해줬어.
그랬더니 개가 뚝 그쳤어.
참, 엄마, 나 오늘 수학 시험지 받았는데
글쎄 65점이야. 휴~ 그래도 다행이지 뭐야.
저번엔 60점이었는데 오늘은 5점 올랐어.
앞으론 점점 더 나아지겠지?"

내색은 다 안 했지만 이야기를 들으며
속으로 한참 웃었습니다.
기다리던 엄마가 돌아온 지금
이삭인 세상모르고 자고 있습니다.

수학시험은 65점 맞았지만
아이의 마음엔 몇 점을 매겨야 할지
잠시 고민해봅니다.
제가 아는 숫자로는
점수를 매기기 어려울 듯합니다.
아홉 살 난 아이의 마음이
반평생 살아온 엄마보다 깊습니다.

아이들을 키우다 보면 웃을 일이 많아진다. 이름에
'웃음'이라는 뜻이 들어서인지 이삭이는 주변 사람들에게 자주
웃음을 준다. 아침에 잠자리에서 일어나면 첫마디 기도가 이렇다.
"하나님, 오늘 하루도 즐거운 하루 되게 해주세요."
밤에 잠자기 전에도 이렇게 기도한다.
"하나님, 오늘도 즐거운 하루 주셔서 감사합니다."

 이삭이와 이슬이네 집

잘못해서 호되게 매를 맞은 날도 '즐거운 하루'를 넣어 기도한다.
뭐가 그리 즐겁냐고 물으면 그냥 다 즐겁다고 말한다.
이삭이의 말을 들으면 나도 왠지 즐거워진다. 어느 날은
내 안에서 장난기가 발동했다. 아이가 학교생활을 잘 하고 있는지
궁금해서 거두절미하고 불쑥 이런 질문을 던져봤다.
"이삭아, 오늘 선생님한테 왜 혼났어?"
아이는 스스럼없이 대답했다.
"떠들다가 혼났지."
"떠들다가? 수업시간에?"
"응."
"그럼 어떡해. 수업시간엔 집중해야지."
"근데 떠들었어도 칭찬스티커는 받았어."
"어떻게?"
"선생님이 방금 설명한 내용을 말해보라고 해서 내가 설명을
했거든. 그랬더니 떠들면서도 용케 다 알아들었다면서 주셨어."
아이들과 어른들의 차이가 있다면 어른들은 다 듣는 것처럼 앉아
있는데 속으로는 딴생각을 하고 있고 아이들은 떠들면서도
다 알아듣는다는 것이다. 재미있는 차이다. 다음 날 나는
같은 질문을 또 했다.
"이삭아, 오늘은 왜 혼났니?"
주저함 없이 말하는 아이.

"식판을 쏟아서 혼났지. 그래서 뒤로 나가 무릎 굽히고
팔을 앞으로 내밀고 오토바이 타는 자세로 벌섰어."
"너 또 덜렁거렸구나. 그렇게 만날 야단맞고 선생님 눈 밖에
나면 어쩔래?"
두 눈을 동그랗게 뜨고 대답하는 아이의 말이 일품이었다.
"엄마, 우리 선생님 덕분에 내가 얼마나 건강해지는지 알아?
그렇게 벌서면 몸이 건강해져. 얼마나 고마우신 분인데
그래….."

동네에서 이삭이를 모르는 사람이 없다. 참새방 떡볶이 아줌마,
현대문구 아줌마, 뽀리문구 아저씨, 헤어벨 언니,
만리장성 아저씨, 예원피아노 원장님, 얌샘분식 아줌마….
가끔 그분들을 만나면 다들 이삭이 얘기로 먼저 인사를 건네신다.
"아이가 하루도 빠짐없이 와서 인사를 하고 가요."
"이삭이 걔 웃겨요. 글쎄 며칠 전에 우리 미용실 문을 열더니
'안녕하세요? 그동안 제가 왜 안 왔는지 궁금하셨죠? 학교에서
고적답사를 다녀왔거든요.' 글쎄 그러고 나가는 거예요. 하나도
안 궁금했다고 말해줄까 하다 관뒀죠. 하하하!!"
"이삭이는 인사를 잘해서 뭐라도 있으면 주고 싶어져요."
"애가 어쩜 그렇게 인사도 잘하고 밝아요?"
이삭이의 인사성 때문에 동네 어른들로부터 두루두루 칭찬은

내가 다 듣는다. 그 인사 덕분인지 가끔 동네 할아버지께 용돈을
받기도 하고, 만리장성 아저씨께 장난감 선물도 받고,
참새방에서 떡볶이도 더 많이 받아오고, 머리도 서비스로 깎고
올 때가 있다. 누구에게나 스스럼이 없다. 엘리베이터 안에서도 인
사하고, 잘 모르는 사람들에게도 인사를 건넨다. 인사를 받는
분들은 처음엔 '웬 아이가 인사를 다 하네' 하는 어리둥절한
표정을 짓다가 이내 얼굴에 미소를 띠며 흐뭇해하신다. 올해로
열네 살이 된 아이. 지금은 잠시 남아프리카공화국에 가 있다.
아는 선교사님 가정과 연결되어 가게 됐다. 다섯 살 때부터
〈악어 떼〉라는 노래를 즐겨 부르며 아프리카에 가고 싶다고
말하더니 정말 말처럼 됐다. 가기로 다 결정이 됐을 때,
불현듯 불안한 마음도 들고 아직 어린 나이인데 어찌 보낼까 싶어
나는 다시 생각해보자고, 좀 미뤄보자고 했다.
그런데 아이가 걱정하는 엄마에게 단 한마디로 홈런을 날렸다.
"엄마, 믿음으로 결정한 일은 미루는 게 아냐."
나는 아이를 품에 안으며 다시 말했다.
"멀리 떨어져 있으면 엄마는 누가 안아주고, 넌 누가 안아주니?"
"엄마, 우리는 그냥 이렇게 혼자인 것 같지만 사실 이 세상
모든 사람은 하나님 품에 안겨 있는 거야. 엄마도 나도
지금 안겨 있어. 엄마는 세상에서 가장 두려운 게 뭐야?"
"음…. 헤어지는 거? 죽는 거? 엄만 아직 그런 게 두려워…."

"엄마, 죽음은 헤어지는 게 아니야. 그건 하나님과의 영원한
만남이야."
어록으로 남겨도 될 말이었다. 엄마의 입을 봉하게 하는
이삭이의 홈런 어록!

아프리카 간다고 이삭이 친구 엄마가 아이의 생일에 값비싼
운동화를 사주셨다. 일단 신던 거 있으니까 나중에 신으라고
아껴두다가 아이가 몇 번만 신어보겠다고 해서 학교에 신겨
보냈다. 그런데 그만 운동화를 잃어버리고 왔다.
터덜터덜 실내화를 신고 집으로 돌아와서는 반 친구들이 장난을
친 것 같다고 했다. 나는 놀란 가슴에 의심의 눈초리로 말했다.
"그거 좋은 신발이라서 누가 신고 간 건 아닐까?"
역시나 두 눈을 동그랗게 뜨면서 마치 항의하듯 말하는 아이.
"엄마, 우리 학교 친구들을 어떻게 보는 거야? 우리 학교 교훈이
정직한 어린이야."
이삭이에겐 의심의 눈빛이나 혹시나 하는 추측이 눈곱만큼도
없었다. 아이의 눈빛을 보면 안다. 이삭이의 믿음은 항상 그렇다.
엄마인 내가 너무나 잘 안다. 엊그제 만난 얌샘분식집 아줌마가
이삭이는 아프리카에서 잘 지내느냐고 물어보셨다. 이삭이가
가기 전에 분식집에 들러 해준 말이 아직도 기억난다며….
"제가 돌아올 때까지 장사 잘하고 계세요. 문 닫지 말고

어디 딴 데로도 가지 마시고요."
아줌마는 벌써부터 보고 싶다며 이삭이는 분명 이다음에
큰사람이 될 거라고 하셨다.

모든 엄마 아빠들은 자기 자식이 큰사람 되기를 바라고
백점 받아오기를 바란다. 비록 본인들은 그런 점수를 못 받고
자랐어도 자식들만큼은 잘하길 바라는 게 부모의 마음이다.
나 역시도 예외는 아니다. 아이가 어딜 가서든 사랑받고
좋은 성적을 받았으면 좋겠다. 이삭이가 가기 전에 아이를
붙잡고 마주 앉아 언젠가 인상 깊게 들었던 김동호 목사님의
설교말씀을 다시 한 번 들려줬다.
"이삭아, 오천 명분을 혼자 먹는 사람이 되고 싶니, 아니면
오천 명을 먹이는 사람이 되고 싶니?"
"오천 명을 먹이는 사람!"
말귀를 제대로 알아들은 이삭이의 대답은 명료했다. 지금 당장
받아오는 아이의 점수보다 아이의 미래를 기대하며 기다려주는
엄마가 되고 싶다. 사실 나 역시도 눈에 보이는 성적표에
마음이 불안해지는 평범한 엄마지만, 내 아이가 혼자 잘되고
혼자 잘 먹는 사람이 되지 않기 위해 먼저 기도로 엎드리는
엄마가 되고 싶다. 아이는 거울을 보듯 부모를 그대로 보고
배우며 자라니까.

이슬이가 옆에서 이 글을 보더니 또 난리가 났다. 우리 오빠
지금은 공부 잘하는데 왜 못했을 때, 실수했을 때 점수를
공개했느냐며 점수를 빨리 지우라고 성화다.
"그래. 이슬아, 오빠 잘했어. 네 오빠 만점이다. 만점!"
이슬이의 극진한 오빠 사랑에도 점수를 줘야겠다.
"이슬이도 만점! 됐지?"

힘이 될 거야

"엄마는 힘들면 어떻게 해?"
"응? 기도해….

"그래? 나는 찬송하는데….
엄마, 힘들어?"
"응? 으응…. 쫌 힘들어."

"그럼, 엄마, 찬송을 불러.
엄마에겐 이 찬송이 힘이 될 거야.
'예수 사랑하심은' 알지?
그중 3절이 힘이 될 거야."

결국 눈물을 보이고 마는 엄마에게
이삭이는 더 가까이 다가와 앉더니
찬송가 563장 3절을 불러줍니다.

“내가 연약할수록 더욱 귀히 여기사

높은 보좌 위에서 낮은 나를 보시네.

날 사랑하심 날 사랑하심

날 사랑하심 성경에 써 있네.”

언젠가 이삭이를 엄청 때린 날이 있었다. 놀러 나간 아이가

해가 져도 안 돌아와서 온 동네를 찾아 헤맸던 날이었다.

결국 찾다 찾다 못 찾고 그냥 들어왔는데 얼마쯤 지나자

이삭이가 얼굴에 땟물 흐르는 꾀죄죄한 모습으로 들어왔다.

나는 다짜고짜 매를 들고 아이를 때렸다. 한참 때려도

화가 안 풀려 현관 앞으로 데리고 갔다.

“안되겠어. 나가서 더 놀아. 밤 되면 밖에 무서운 아저씨들도 많고

뒷산에 가면 지금쯤 부엉이도 나왔을 거야. 가서 함께 어울려

놀아. 엄마는 약속도 안 지키고 늦게 들어오는 애 안 키워!”

눈물을 뚝뚝 흘리며 잘못했다고 비는 아이에게 나가라고

소리쳤다. 거의 협박에 가까운 목소리로 말이다.

“엄마, 잘못했어요. 그런데 제 얘기 좀 들어보세요. 엄마한테

꼭 할 말이 있어요.”

“무슨 얘기? 나 너한테 들을 말 없어. 얼른 나가. 나가서 놀라니

까!"
"엄마, 이 얘기는 꼭 들어야 돼요."
"잘못한 놈이 무슨 할 말이 있어? 좋아. 할 말이 뭐야?
말해봐."
"엄마, 너희가 사람의 잘못을 용서하지 아니하면 하늘에 계신
네 아버지도 너희를 용서하지 않는다고 성경에 나와 있어요.
그러니까 엄마가 나를 용서 안 하면 엄마도 용서 못 받아요.
흑흑…."
세상에나…. 나는 정말 이를 악물며 웃음을 참아냈다.
거기서 웃어버리면 아이가 어떻게 생각할까 싶었다.
배운 대로, 읽은 대로, 들은 대로, 그대로 흡수하는 아이.
그대로 믿는 이삭이의 믿음이 어느 날은 나를 위로하고,
어느 날은 웃게도 한다. 이삭이가 불러준 찬송은 내게 정말 큰
힘이 되었다. 그리고 이삭이가 알려준 대로 나는 그날 아이의
잘못을 용서해야 했다. 나도 나중에 용서받기 위해서 말이다.

캄보디아에 보내는 편지

찬따 오빠! 나는 이슬이에요.

아버지 때문에 슬픈가요?

고아원에서 어려운 일이 생기나요?

고아원에서 잘 자라면 좋겠어요.

잘 자라고 있죠?

참, 수첩과 책갈피 선물 정말 고마워요.

좋은 선물이었어요. 그렇게까진

보내지 않아도 돼요. 괜찮아요.

찬따 오빠!

고아원에서 잘 자라 훌륭한 의사가 되어서

많은 사람들을 치료하세요.

좋은 의사가 되어 아픈 사람들을 열심히

치료하라는 뜻이에요.

-이슬이가 씀

아홉 살 난 이슬이가
매달 후원하는
캄보디아의 열 살 난
찬따 오빠에게 보내는 글입니다.

연필로 꾹꾹 눌러쓴 편지를
책상 위에 올려두고
찬따 오빠 위해 기도하다
곤히 잠든 이슬이

잠든 아이의 머리를 쓸어 넘기며
이 아이가 꾸는
꿈속 세상은
얼마나 아름다울까 생각해보다
고아원에서 엄마 꿈을 꾸고 있을
찬따도 가만히 가슴으로 안아봅니다.

몇 년 전 교육방송을 통해 굶주리는 북한 어린이의 실상을
보았다. 어찌나 가슴이 아프던지 자꾸 눈물이 났다. 방송이

끝난 후, 마음이 채 마르기 전 남편과 함께 결정을 했다. 눈물
흘리는 데서 그치지 말고 매달 우리 아이들 이름으로
북한 어린이를 후원하자고….

어느 날 학교에 다녀온 이삭이가 급하게 뛰어 들어와 우편물을
내밀었다.

"엄마, 엄마, 나한테 편지가 왔어."

아이는 자기 이름이 찍힌 편지봉투가 신기했던 모양인지 어서
뜯어보라는 눈빛을 보냈다.

"이삭아, 이건 북한 어린이들을 돕는 후원회 소식지야.
네 이름으로 북한 어린이들 후원하고 있잖아. 거기서
보내온 거야."

봉투를 열며 설명을 하는데 뒤를 잇는 아이의 말이 나를
웃게 했다.

"그래? 그럼 이제 북한 어린이들 다 잘 먹고 잘 산대?"

"이삭아, 잘 먹고 잘 살게 하려면 더 많이 줘야 해. 더 많은
사람들이 나눠줘야 해."

아이들의 마음은 단순하고 깨끗하다. 그 마음이 그대로 북한에
전달된다면 얼마나 좋을까 생각했다. 그 후로 우린 월드비전을
통해 이삭이와 이슬이 이름으로 캄보디아의 찬따라는 아이도
후원하기 시작했다. 찬따는 우리 아이들과 비슷한 또래여서

더 친근한 마음이 들었다. 아이들은 서로 편지와 그림을 그려
주고받으며 친해지기 시작했다. 아이들 책상 앞에는 찬따의
사진이 여러 장 걸려 있다. 이슬이가 찬따에게 편지를 쓴 날은
내가 찬따의 어려운 상황을 설명해준 날이었다. 찬따는 형제가
많은데 아버지가 술 중독이고 엄마 혼자 아이들을 다 키우기가
어려워 찬따를 고아원에 보낸 상태라고 말해줬다. 그 말에
이슬이가 울기 시작했다. 그러더니 편지를 써놓고 잠이 든 것이다.

아이들은 무엇이든 그대로 받아들인다. 슬픔도 기쁨도
작은 가슴에 그대로 다 받아들인다. 그래서 기쁘면 기쁨이
넘쳐나고 슬프면 슬픔이 넘쳐나는가 보다.
아이들을 키우다 보니 나는 어느새 아이들이 웃을 때 함께
웃고 아이들이 울 때 함께 우는 엄마가 되었다. 남편은 가끔
나더러 동화 속에 사는 사람 같다고 말한다. 칭찬이기도 하고
한편으론 철이 덜 들었다는 핀잔이기도 하다. 그러나 나를
동화 속에 살도록 일조를 하는 건 순전히 이삭이와 이슬이
두 녀석 때문이라고 할 수 있다. 찬따에게 보낸 이슬이의
편지는 지금 다시 봐도 흐뭇한 미소를 주는 동시에 가슴 찡한
눈물을 준다.

엄마의 빈자리

지난 주 토요일,
새 학기 학부모참관수업이 있어
이슬이네 학교에 다녀왔습니다.

아이들은 단축수업을 하고
먼저 집으로 돌아가고
엄마들은 아이의 자리에 앉아
선생님 말씀을 들었습니다.
한 해 동안
'사랑을 아는 어린이'로 지도하겠다는
선생님을 뵙고 오는데
마음이 든든하고 좋았습니다.

"엄마, 우리 선생님 좋지?"
"응, 참 좋으시더라."

"엄마, 오늘 내 옆자리는 비어 있었지?"
"응, 이슬이 짝꿍 엄마는 바쁘셨나봐."
"엄마, 민혁이는 엄마가 없어.
세살 때 집을 나가셨대."

담임선생님이 아이들 노트에
편지를 써놓고 가라고 해서
이슬이에게 정성스레 편지를 쓰고 왔는데….
나중에 학교에 가서
엄마의 편지를 읽으며 기뻐할 이슬이와
곁에 앉아서 바라볼 민혁이를 생각하니
갑자기 왈칵 눈물이 났습니다.
이슬이도 눈물을 글썽였습니다.
"엄마, 그런데 있잖아.
민혁이는 항상 웃고 다녀.
내가 개였다면 만날 울었을 텐데."

참관수업 중에 아이들과 함께 부른
동요가 생각납니다.
1절은 엄마들이 2절은 아이들이 불렀습니다.

1. 이 세상에 좋은 건 모두 주고 싶어.

  나에게 커다란 행복을 준 너에게

  때론 마음 아프고 때론 눈물도 흘렸지.

  사랑하기 때문에 사랑하기 때문에

  싱그러운 나무처럼 쑥쑥 자라서

  너의 꿈이 이뤄지는 날 환하게 웃을 테야.

  해님보다 달님보다 더 소중한 너

  이 세상에 좋은 건 모두 주고 싶어.

2. 이 세상에 좋은 건 모두 드릴게요.

  나를 가장 사랑하신 예쁜 우리 엄마

  때론 마음 아프고 눈물 흘리게 했지만

  엄마 정말 사랑해. 정말 사랑해요.

  싱그러운 나무처럼 쑥쑥 자라서

  나의 꿈이 이뤄지는 날 환하게 웃으세요.

  엄마를 생각하면 왜 눈물이 나지.

  이 세상에 좋은 건 모두 드릴게요.

  엄마 사랑해요.

민혁이는 그 노래를 부를 때도

웃었던 것 같습니다.

엄마의 빈자리를 그 어린 가슴으로
이미 다 받아들인 걸까요.
민혁이는 누구를 통해
사랑을 아는 아이로 자라갈까요.

이슬이가 민혁이에게 물었답니다.
"민혁아, 엄마 보고 싶어?"
"응. 보고 싶어."
그 말을 할 때도 웃었다고 하네요.

이슬이랑 다시 노래를 불러보는데
우리는 자꾸만 눈물이 납니다.
엄마의 자리가 얼마나 소중한 자리인지
오늘밤엔 더욱 가슴 저리게 느껴집니다.

이슬이는 요새 짝꿍 민혁이와 부쩍 더 친해졌나 보다. 오늘도
집에 돌아와 민혁이 이야기를 들려준다.
"이슬아, 나는 타임머신 타고 미래로 가서 내가 언제까지 사는지
보고 싶어. 그리고 다시 세살 때로 돌아가서 우리 엄마를 꼭

보고 싶어. 엄마가 왜 집을 나갔는지도 물어보고 싶고.”

“아빠가 말 안 해주셨어?”

“난 엄마 얘기 물어본 적 없어.”

“왜?”

“몰라. 입 없어.”

“입 없어?

“응”

“민혁아, 타임머신이 있다면 정말 좋겠다. 나도 너희 엄마 보게.”
아이들이 뭘 알까 싶었다. 그런데 아이들이 알고 있었다.
아빠에게 엄마 얘기를 한 번도 안 꺼냈다는 아이. ‘입 없다’는
표현에는 아빠의 마음을 헤아리는 민혁이의 깊은 마음이
들어 있었다. 열 살 난 아이가 너무 일찍 철이 들어버린 것
같아 가슴이 아팠다.

언젠가 서점에 나갔는데 동요집이 눈에 띄었다. 책을 열어
살펴보니 초등학교 때 배운 반가운 노래들이 실려 있었다.
바로 책을 구입해 집에 돌아와서 첫 장을 열어 마지막 장까지 목이
쉬도록 노래를 불렀다. 꽃밭에서, 반달, 등대지기, 시냇물,
오빠생각, 작은 별, 퐁당퐁당, 파란마음 하얀 마음, 과수원 길,
바닷가에서, 섬 집 아기….
노래를 부르는 동안 내 마음은 아카시아 꽃이 핀 과수원

길을 걸었고, 퐁당퐁당 냇가에 돌도 던져보고, 등대지기도 되고,
파란마음 하얀 마음이 되기도 했다. 한 권의 동요집이
나에게 타임머신이 되어준 것이다. 그리고는 한동안 잊고
있었는데 어느 날 학교에서 돌아온 이삭이가 내 앞에
앉아 노래를 불러줬다. 제목은 '섬 집 아기'

> 엄마가 섬 그늘에 굴 따러 가면
> 아기는 혼자남아 집을 보다가
> 바다가 불러주는 자장노래에
> 팔 베고 스르르르 잠이 듭니다.

> 아기는 잠을 곤히 자고 있지만
> 갈매기 울음소리 맘이 설레어
> 다 못 찬 굴 바구니 머리에 이고
> 엄마는 모랫길을 달려옵니다.

아이의 노래를 듣는데 어릴 적 산동네 살 때가 기억났다.
새벽에 일을 나가신 엄마는 깜깜한 밤중에 돌아오시곤 했다.
나랑 언니는 밖에서 놀다가 날이 어둑어둑해지면 부랴부랴
네 살 난 남동생 손을 잡고 울퉁불퉁한 산길을 내려와
불빛이 환하게 새어나오는 약국 계단에 앉아 엄마를 기다렸다.

나이 어린 동생은 기다리다 지쳐 언니 무릎을 베고 잠이 들고
언니와 나는 졸린 눈을 비벼가며 버스에서 내리는 사람들을
확인했다. 엄마가 버스에서 내리려면 한참을 기다려야
한다는 걸 알았지만 우리는 버스를 한 대도 그냥 보낸 적이 없다.
매번 내리는 사람들을 일일이 다 확인하며 엄마의 얼굴을 찾았다.
그러면서 기다리다 지치면 버스를 세기 시작했다.
버스 백 대를 셀 때까지도 엄마는 오지 않았다. 그러면 언니는
택시를 세보자고 했다. 택시 숫자가 백을 넘어도 엄마는
오지 않았다. 그렇게 매일 약국 계단에서 두세 시간을 기다렸던 것
같다. 그러고 나면 엄마가 버스에서 내리셨다.
'섬 집 아기'는 그 때 엄마를 기다리며 자주 불렀던 노래다.
내 마음을 너무나 잘 알아주는 가사여서 정말 많이 불렀던 노래다.

이삭이도 학교에서 배운 그 노래가 좋았는지 내 앞에서 고개를
저어가며 아주 열심히 불러주었다. 그런데 난 그만 아이처럼
엉엉 울어버렸다. 이삭이의 단짝 승호와 함께 듀엣으로
불러주는데 그렇게 슬플 수가 없었다. 어릴 땐 1절이 가슴에
와 닿더니 결혼해서 엄마가 된 후로는 2절에서 목이 더욱
잠기곤 한다. 아마 우리 동네에 유난히도 섬 집 아기 같은
아이들이 많아서 그랬나 보다.

 이삭이와 이슬이네 집

타임머신을 타고 엄마에게 가고 싶은 민혁이. 나에겐 동요집이

타임머신이었는데 민혁이는 무얼 타고 엄마에게 갈 수 있을까.

나는 기다리면 엄마가 오셨는데 민혁이는 얼마나 기다려야

엄마를 만날 수 있을까. 갈수록 민혁이 같은 아이가 많아진다.

기다려도 기다려도 오지 않는 엄마 아빠들.

그 엄마 아빠들이 추억의 타임머신을 타고 돌아가

첫사랑을 회복했으면 좋겠다.

서로에 대한 사랑, 아이를 향한 사랑,

가족을 포기하지 않는 사랑의 능력을 회복했으면 좋겠다.

이슬이 짝꿍 민혁이 때문에 나는 요 며칠 눈물을 달고 산다.

백점 맞는 연필

여름방학 내내 동화책을
꾸준히 읽은 이슬이는
가을에 학교에서 실시한
독서 골든 벨 대회에서
우수상을 탔습니다.

며칠 전, 담임선생님이
미래에 발명하고 싶은 물건을
적어내라고 하셨답니다.
반 친구들은 대부분
공부를 대신 해주는 로봇,
청소하는 로봇,
심부름 해주는 로봇 등을
적어냈다는데
이슬이는 '백점 맞는 연필'을

적어냈다고 했습니다.
무슨 생각에 그랬을까 싶어
찬찬히 물어봤더니
지난번 독서 골든 벨 대회 때
빵점 맞은 친구가 있어서
'백점 맞는 연필'을
발명하고 싶어졌다는 겁니다.
또래들보다 생일도 늦고
체구도 작아서
무거운 가방 매고
한 정거장 이상 되는 등굣길을
어찌 다닐까 내심 걱정했는데
이슬이가 1학년을 지나는 동안
참 많이 자랐습니다.
키도 마음도 말입니다.

늘 무엇이든
나눠주기를 좋아하는 아이
백점 맞는 연필은 아닐지라도
자신이 가지고 있는 연필로
친구들에게

격려의 편지도 적어 보내고,
희망 담은 그림도 그려주고
이슬이가 앞으로도
좋은 친구의 역할을
잘 해낼 거라는 믿음이 생깁니다.

지금은 열감기와 싸우며
곤한 잠을 자고 있지만
저렇게 한번씩 앓고 나면
더 지혜로워지겠지요?
자고 일어나서는
또 무얼 발명하겠다고 할지….

아이들에게서 삶의 지혜와
사랑을 배울 수 있다는 것은
참으로 크나큰 축복입니다.

백점 맞는 연필을 발명하고 싶다던 대견한 이슬이가 올해로
4학년이 됐다. 이슬이는 마음 씀씀이가 깊어 가끔씩 가족들을

놀라게 한다. 그런데 최근엔 대견한 일이 아닌 거짓말로 나를
놀라게 했다. 얼마 전 학교에서 돌아온 이슬이가 집에 엄마가 없자
전화를 걸어왔다.
"엄마, 지금 어디야? 언제 와?"
"조금 있으면 들어갈 거야."
"엄마, 그런데 책상 위에 휴대폰이 있는데 이거 누구 거야?"
"휴대폰? 글쎄…. 엄마는 모르겠는데."
서둘러 집으로 돌아오는데 아이가 다시 전화를 걸어왔다.
목소리에 힘이 하나도 없었다. 머뭇거리다 간신히 하는 말.
"엄마, 사실은 이 휴대폰 학교에서 주운 거야."
"응? 아까는 모르는 거라더니 그게 무슨 소리야? 이슬아,
엄마 엘리베이터 앞이야. 금방 올라가니까 집에서 얘기하자."

부랴부랴 들어가 자초지종을 들었다. 쉬는 시간에 운동장에
나갔는데 눈밭에 휴대폰이 떨어져 있었다고 했다. 분실물
수거함에 갖다 넣어도 되고, 담임선생님께 드려도 될 일이었는데
자기도 모르게 휴대폰을 집으로 갖고 왔다는 것이다.
막상 집에 가져오자 갑자기 덜컥 겁이 나서 모르는 것처럼
말했는데 거짓말을 하고 나니까 더 무서워졌다고 했다. 그래서
엄마한테 다시 전화를 걸어 사실을 말한 거라고, 제발
용서해달라며 눈물을 글썽였다.

 그래도 그렇지. 천연덕스럽게 거짓말을 하다니. 괘
씸하기도 하고 놀랍기도 했지만 차근차근 아이에게 정직에 대해
이야기했다. 거짓말을 한 번 하면 그 거짓말을 감추기 위해
또 다른 거짓말을 해야 한다고…. 아이는 고개를 끄덕이며
열심히 들었다. 얼마나 가슴을 졸였는지 엄마에게 말하고
나니까 속이 시원하다고 했다. 다음 날 휴대폰을 주인에게
찾아주면서 아이는 많은 것을 느꼈을 것이다.

그러고 보니 이슬이에게 말은 안 했지만 나도 초등학교 5학년 때
친구들과 슈퍼마켓에 가서 요구르트를 훔쳤던 기억이 난다.
친구들은 안에서 훔치고 나는 밖에 서서 망을 봤는데 결국
주인에게 들켜 나중에 엄마가 알게 되고 진짜 눈물 콧물 쏙 빼도록
야단을 맞았다. 사실은 요구르트 사건이 들통 나기 전에도
엄마 아빠 주머니에서 잔돈을 훔치고, 돼지저금통을 털었던
기억도 난다. 그걸 엄마한테 들킬까 봐 마당 꽃밭에 살짝
묻어두고 다음 날 달고나를 사먹었는데 정말 스릴 만점에
꿀맛이었다. 그러나 요구르트 사건 이후 그 버릇은 싹 고쳐졌다.
바늘도둑이 소도둑 된다는 엄마의 눈물 섞인 말씀이 특효약이 됐
던 것이다.

두 눈 부릅뜨고 이슬이를 야단쳤지만 사실 엄마인 나도
도덕점수에 백점을 받을 수 없는 사람이다. 누구나 한번쯤 그런
시기를 겪는 것 같다. 그러나 그런 유혹의 시점을 어떻게
극복하고 지나느냐에 따라 사람의 인생은 크게 달라진다.
날마다 백점 맞으며 살 수는 없지만 '정직'에 관한 점수만큼은
포기할 수 없을 것 같다. 나는 엄마가 아닌가.
아이들에게 꿈을 불어넣어 주고 희망을 이야기해줘야 할 엄마,
이 세상이 얼마나 살 만한 곳인가를 알려줘야 할
막중한 책임이 엄마인 내게 있는 것이다. 다른 것은 몰라도
'정직'만큼은 백점을 받을 수 있도록 도전해봐야 할 일이다.

다시 찾은 기쁨

이삭이는 학교에서 돌아오면
거의 하루도 거르지 않고
자전거를 타고 밖에 나가 놉니다.
그런데 지난주, 교회에 다녀온 사이
아파트 복도에 세워둔 자전거가
사라져버린 겁니다.
놀란 이삭이는 자전거를 찾으러
혼자서 온 동네를 뛰어다녔답니다.
몇 년을 기다려서
생일선물로 받은 자전거였기에
쉽게 포기할 수 없었나 봅니다.

저녁식사 시간이 다 지나 나타난 아이,
얼굴은 거뭇거뭇 땀으로 얼룩져 있었지만
뿌듯한 표정으로 들어서고 있었습니다.

두 손에 자전거 핸들을 꼭 쥐고서 말이죠.
늦은 저녁상을 차리는데
아빠와 샤워하러 화장실로 들어간
아이의 이야기가 들렸습니다.

"아빠, 다시 찾는 기쁨이
이렇게 클 줄 몰랐어요.
오늘은 정말 힘든 날이었는데요.
뭐 괜찮아요. 아주 중요한 걸
깨달은 날이니까요.
이런 일을 한번씩 겪어보는 것도
괜찮은 것 같아요."

오늘도 집에 돌아와
자전거 핸들을 만지작거리며
빗방울이 가늘어지길 기다리는 아이,
곧바로 자전거를 타고 나갈 여세입니다.
장맛비가 한참은 계속될 텐데...
다시 찾은 기쁨이 크기는 큰가 봅니다.

아이와 함께 물끄러미 하늘을 바라보다가

"나는 무얼 잃어버렸지?"
"나는 무얼 다시 찾아야 할까?"
가만히 제 자신에게 질문을 던져봅니다.

땀 흘리는 수고를 지불하고
기어이 자전거를 찾아온 아이처럼
그간 잃어버린 것들,
잊고 지낸 소중한 것들을
이제는 다시 찾아야겠다고 생각하는 새
글쎄 그 굵던 빗줄기가 뚝 그치고
파랗게 씻긴 하늘이 나타났지 뭐예요.
이삭이는 기다렸다는 듯
자전거를 끌고 쏜살같이 밖으로 나갔답니다.

내가 어릴 때 유행하던 장난감 중에 유난히 기억에 남는 게
있다. 그 시절 온 동네 아이들이 즐겨 타던 '스카이 콩콩'이
그것인데, 쉽게 말하자면 삽자루 같은 놀이기구였다.
밑에 스프링이 달려 있어 공중으로 튀어 올라 재미를 더해주는
그야말로 인기 만점의 장난감이었다. 나도 엄마가 사주시긴

했지만 일찍 사주신 건 아니었다. 온 동네에 다 보급된 후에야
가졌던 걸로 기억한다. 남동생이 울며불며 보챈 것이 이유이기도
했지만 우리가 삽을 갖고 노는 걸 보신 엄마의 모성애가 자극을
받았던 것 같다. 스카이 콩콩을 대신해서 삽을 들고 타던 우리.
삽 위에 발을 올리고 펄쩍 뛰면 땅에 '퍽' 꽂혀서 빠지지
않던 삽자루. 지금 생각해보면 우습기도 하고 한편으론 가슴이
찡해지기도 한다. 그걸 빨리 사주지 못한 엄마가 얼마나
가슴 아프셨을까를 생각하면 말이다.

그런데 나도 아이들을 키우며 무엇이든 갖고 싶다는 것을
즉석에서 사주는 엄마가 아니다. 나 어릴 때처럼 경제적 형편이
이유는 아니다. 다름 아닌 아이들에게 '기다림'과 '소중함'에 대해
알려주고 싶어서다. 갖고 싶은 걸 기다리다 보면 기다림 외에도
여러 가지 감정을 느낄 수 있다. 그것은 설렘, 안타까움,
부러움 등인데 아이들이 다른 친구들을 부러워하는 게 부모
입장에서는 안쓰럽기도 하지만 꼭 그렇게 생각할 일만은 아닌 것
같다. 때로는 친구들을 부러워하는 감정도 필요하다.
그러면서 아이들은 소중한 것에 대해 깨닫게 되니까 말이다.
기다리는 시간 속에서 한 밤 두 밤 손꼽으며 설레는 마음도
경험하고 갖지 못하는 친구들의 안타까운 마음도 이해하게 되고,
갖고 있는 친구들을 부러워하면서 인내도 배워가는 것이다.

어찌 보면 너무 쩨쩨하고 야속한 엄마 같기도 하지만 이삭이와
이슬이는 어느새 자연스럽게 절제를 몸에 익혔다. 갖고 싶은 게
있다고 길에서 떼쓰거나 우는 일도 없다. 아기 때부터 그런
일이 없었다. 나는 유치원 교사 경력이 있어서 아이들을 제법 다룰
줄 안다. 아이들은 눈치가 백 단이다. 자기가 떼를 쓰면 엄마가
넘어올지 안 넘어올지 기가 막히게 잘 안다.
"우리 애는 소용없어요. 아무도 못 말려요."
그 말은 엄마가 이미 아이에게 기선제압 당했다는 얘기다.
아무도 못 말릴 아이는 없다. 그 배후에 마음 약한 엄마가 있을 뿐.
요즘 아이들은 필요한 것은 당장에, 요구한 그 즉시로 사줘야
한단다. 갖고 있던 걸 잃어버리거나 망가뜨린 경우에도
바로 다시 사줘야 한단다. 그러지 않으면 난리가 난다나. 엄마들의
말이다. 모든 게 풍성한 시대에 우리 아이들이 자라고 있다.
그래서 아이들은 부족함이 무언지, 소중한 것이 무언지 잘 모른다.
우리 집 아이는 떼도 안 쓰고, 울지도 않고, 착하고 잘났다는
얘기가 아니다. 우리 아이들도 다른 친구들이 가진 좋은 것은
다 갖고 싶어 한다. 때로는 부러운 마음에 훌쩍훌쩍 눈물을 보이기
도 한다. 그러나 기다릴 줄 안다. 그리고 기다림 속에서 그것이
자기에게 꼭 필요한 것인가를 다시 한 번 생각해보게 되고
그러면서 인내심도 기르고, 꼭 필요한 것이 아니다 싶으면
포기할 줄도 안다. 아이들이 그렇게 타고난 게 아니라

아빠 엄마가 꿈쩍을 안 하니까 그렇게 적응이 된 것이다.

오늘 아침, 무심결에 책 한 권을 열었다가 소중한 내용을
발견했다. 내 눈을 반짝 뜨게 한 세 마디!

물러섬
바라봄
기다림

상황에 따라 물러설 줄 알고, 가만히 서서 바라볼 줄도 알고,
때를 기다릴 줄 아는 사람들로 이 세상이 조금만 더
여유로워졌으면 좋겠다는 생각을 해본다.

엄마표 떡볶이

어버이날,
아이들로부터 편지를 받았습니다.

엄마, 아빠 보세요.
아빠, 이 세상에
아빠 같은 분은 없는 것 같아요.
저는 아빠가 참 자랑스러워요.
이슬이도 아빠 생각하며
좋은 사람이 될게요.
엄마, 저는 엄마가 만든
떡볶이가 제일 좋아요.
엄마가 포장마차를 열면
아~주 잘 될 거예요.
엄마가 힘들 때마다
제가 기도하면

 이삭이와 이슬이네 집

하나님도 들어주실 거예요.
엄마, 즐거운 5월 보내세요.
– 이슬 올림

아버지, 어머니!
저를 낳아 먹이고, 입히고,
건강하게 길러주시고,
사랑해주셔서 감사합니다.
앞으로도 계속 사랑해주세요.
그리고 엄마, 떡볶이 말예요.
저만 먹기는 너무 아까워요.
남녀노소 모두가 먹으면 좋겠어요.
일주일에 한 번은 무료 시식회를 하고
떡볶이 값은 500원으로 하면 어때요?
포장마차 전단지는 제가 돌리고
그 대신 저는 공짜로 먹을게요.
한번 해보세요.
– 이삭 올림

아이들과 여러 날 상의한 끝에
포장마차는 번거로울 것 같아

저희 집에 찾아오는 사람에겐

언제든 떡볶이를 만들어주기로 했습니다.

아파트에 돌릴 전단지 내용은

대략 아래와 같습니다.

'엄마표 떡볶이'

"배고픈 분은 1703호로 오세요."

아이들 말을 빌리자면,

동네에서 파는

참새방 떡볶이보다 맛있다는

'엄마표 떡볶이'

한번 드시러 오시겠어요?

지금 저희 집 냉장고에

떡볶이 재료가

가득 준비돼 있거든요.

오늘도 주방 위에 놓인 떡볶이 재료를 보고 남편이 한마디 했다.

"또 떡볶이야?"

"응, 우리 먹을 거는 아니고 놀이터 꼬맹이들 갖다줄 거야."

다 된 떡볶이를 들고 놀이터로 나가자 참새 같은 아이들이
우르르 몰려들었다. 서로들 먼저 먹겠다고 덤벼드는 통에
하마터면 떡볶이 통을 엎을 뻔했다. 큰 아이들이 밀치니까 작은
아이들은 끼어들지도 못했다.

"안되겠다. 이렇게 다투다가는 아무도 못 먹겠다. 공평하게
한 사람씩 입속에 넣어줄 테니 모두 아~ 해봐.
여기에서 제일 큰형님이 누구야? 큰형님부터 아~ 해봐."

태우가 제일 먼저 자기가 형님이라며 입을 쩍 벌리고
내 앞으로 왔다. 열 명 남짓한 아이들이 정자마루 아래서 쪼르륵
앉아 입을 벌렸다. 참새들이 따로 없었다. 큰 녀석들은
몇 번 씹지도 않고 꿀꺽꿀꺽 삼켰고 작은 아이들은 맵다고
콧물을 훌쩍거리면서도 계속 입을 벌렸다. 떡볶이 통을 들고
아이들과 씨름하다 보니 나는 금세 울긋불긋 떡볶이 국물로
범벅이 됐다. 어느 정도 배가 차자 아이들의 입 벌리는 속도가
잦아들었다.

"자, 이젠 공평하게 먹을 만큼 먹었으니 더 먹고 싶은 사람은
스스로 젓가락 들고 먹어. 그 대신 남기지 말고 깨끗이
다 먹기야."

떡볶이 통을 내밀었더니 역시나 큰 아이들이 달려들어 남은 양을
모두 해치웠다. 전단지를 돌릴 필요가 없었다.

안 돌리고도 장사는 불티나게 잘됐으니까. 돈을 받는
장사는 아니지만 모두들 맛있게 먹어주는 것만으로도 난
이미 그 값을 충분히 받고 있다고 생각한다. 떡볶이는 어딜
가든 인기다. 애나 어른이나 다 좋아한다. 가까운 이웃들은
이미 맛을 본지라 요즘은 좀 먼 곳으로 배달을 다니는데
문제는 재료비보다 배달비가 더 나온다는 것이다. 한시라도
따뜻할 때 먹게 하려고 택시를 몇 번 탔는데 그게 만만찮은
것이다. 그래도 '엄마표 떡볶이'를 기다리며 군침 삼키는 사람들이
있다는 게 기쁘다. 마치 내가 맛있는 사람이 된 기분이다.

시간적 여유가 있는 날이나 기분이 좋을 땐 계란도 삶아서
넣어주고 평소보다 어묵도 듬뿍 넣어준다. 그럴 때면 사람들은
와~ 하며 환호한다. 우리 아이들의 조언으로 시작한 떡볶이
배달! 사람들이 나보다 떡볶이를 더 반기는 것 같지만 어쨌든
기분 좋다. 그래서 오늘도 나는 시장에 나간다. 대파 한 단 사고,
떡볶이와 어묵 몇 봉지 사들고 집으로 오는 길,
누군가에게 대접하며 내가 더 배불러지는 게 참 신기하다는
생각을 한다. 아마도 사람들 칭찬에 배가 부른 거겠지. 칭찬은
고래도 춤추게 한다더니 그 칭찬 몇 마디에 내가 이러고 산다.

엄마가 주는 최우수상

이슬이는 그림 그리기를 좋아합니다.
아이가 조용하다 싶어 돌아보면
늘 무언가를 열심히 그리고 있습니다.

얼마 전 이슬이는
학교 과학상상화 그리기대회에서
어떤 그림을 그릴지
오빠와 밤늦도록 이야기하다 잠이 들었죠.
꼭 최우수상을 타겠다는 다짐도 하며….

그러나 아이는 상을 받지 못했습니다.
친구 미연이가 최우수상을 받을 때
'그럼, 우수상인가?' 생각했다는데
그마저도 못 받아 서운했나 봅니다.

저는 다음 날, 매일 아침 가방에 넣어주는
'엄마의 편지'에 이렇게 적었습니다.
"이슬아, 뒷산에 꽃들이 많이 피었어.
그런데 꽃이 아무리 예뻐도
이슬이보다는 못해.^^
엄마에게 제일 예쁜 꽃은 이슬이야.
그리고 엄마에게 제일 멋진 그림은
이슬이가 그린 그림이고
그래서 최우수상은 이슬이야.
엄마는 이 세상에서 이슬이가 제일 좋아.
왜냐면 이슬이는 이슬이니까!^^"

학교에서 돌아온 이슬이는
가방을 내려두고 또 그림을 그립니다.
그 흔한 미술학원도 다니지 않고
엄마가 글 쓰던 종이를 모아주면
뒷면에 그림을 그리지만
아이는 행복해 보입니다.

의남매를 맺은
캄보디아의 찬따 오빠에게도

멋진 그림을 그려 보내고
엄마도 실제보다 더 예쁘게 그려서
테두리를 가위로 오려줍니다.
수첩에 넣어 갖고 다니라며….

최우수상
그보다 더 좋은 상은 없을까요?
최우수상 하나로는 이슬이에게
제 마음을 전하기가
아직 부족해서 말입니다.

얼마 지나지 않아 이슬이는 '나의 꿈 그리기'와 '교통안전 그리기'
대회에서 우수상을 받아왔다. 결국 해냈다. 역시 자기가 좋아서
하는 일은 잘하게 되는가 보다. 사실 나는 격려를 하면서도
속으로는 그다지 많은 점수를 주지 않았는데 내심 미안한 맘도
들고 대견하다는 생각이 들었다. 아이는 지금도 자신의
장래희망은 '화가'라고 당당히 말한다. 남편은 이슬이가 마음도
깊고 사람을 화해시키는 중재능력이 있다며 이다음에 커서
유엔 사무총장이 되라고 말하지만 이슬이는 아빠의 말에

꿈쩍도 않는다. 일편단심 변함없이 장래희망은 화가다.
두 사람 곁에서 지켜보던 나는 이렇게 말했다.
"그림 잘 그리는 유엔 사무총장 어때?"

이슬이는 사랑도 많고 눈물도 많다. 불쌍한 사람들을 보면
닭똥 같은 눈물을 뚝뚝 흘린다. 특히 비가 많이 오는 날이면
시골에 계신 할머니도 걱정하지만 함께 사는 외할아버지도 늘
챙겨드린다. 할아버지가 외출하셨다가 늦게 들어오시는
날이면 전화를 걸어 식사는 하셨는지 몇 시쯤에나 들어오실 수
있는지를 꼼꼼이 체크한다. 제일 쪼그만 게 마음 씀씀이는
제일 어른스럽다. 언젠가도 학교에서 돌아와 낮잠을 한숨 자고
일어난 아이가 창밖을 내다보며 혼잣말을 했다.
"비바람이 이렇게 치는데 시골에 계신 할머니 집이 새지 않을까?"
그러더니 이내 수화기를 들었다.
"할머니, 거기 비 많이 와요? 초가집인데 지붕 안 새요?
헉, 그러면 제가 기와집 지어드릴까요? 할머니, 모내기는 했어요?
할머니, 제가 가서 좀 도와드릴까요?"
수화기 건너 어머니의 음성도 표정도 내겐 들리지 않고
보이지 않았지만 아마도 어머닌 흐뭇한 미소를 지으셨을 거다.
예천의 허름한 시골집! 봄비로 눅눅해진 방을 데우려 어머닌
아궁이에 연탄 한 장 넣고 혼자 누워 계시겠지만 연탄불

  이삭이와 이슬이네 집

때문이 아니라 이슬이의 따뜻한 마음에 아팠던 허리도 펴지고
고된 마음도 풀어지셨을 거라는 생각이 들었다. 기와집이
아니어도 비가 새는 집이어도 우리 어머니가 천국 사는
기쁨을 누릴 수 있음은 손녀의 예쁜 마음 때문이 아닐까?

창밖으로 비바람이 거세지는 심란한 날, 누군가를 향한
따뜻한 말 한마디가 눅눅하게 가라앉은 마음에 큰 힘이 될 수
있다는 걸 어린 딸을 통해 배우게 됐다. 그렇게 가족들을 잘
챙기는 중에서도 이슬이의 오빠 사랑은 가장 지극하다.
정말 최우수상감이다. 작년 가을, 학교에 간 아이가 집으로 전화를
걸어왔다. 무척이나 다급한 목소리였다.
"엄마, 오빠가 어제 학교 연못에 들어가서 그 벌칙으로 지금
운동장에서 오리걸음을 하고 있거든. 그래서 내가 전화하는 거야.
오빠 졸업앨범 신청서 오늘까지 내야 한대. 근데 깜빡 잊고
안 가져왔대. 엄마, 꼭 갖다줘야 해. 알았지? 아, 너무 걱정돼.
엄마, 오빠 반으로 꼭 갖다줘. 오빠 6학년 1반인 거 알지?
엄마, 잊지 말고 꼭 갖다줘. 응?"
알았다고 말을 해도 몇 번씩이나 확인을 하고서야 수화기를
내려놨다.

가끔은 도대체 누가 엄마인지 헷갈리게 하는 아이다. 맛있는

과자를 주면 반으로 뚝 잘라서 좀 더 큰 것을 오빠에게 주고

덜렁덜렁 한 덜렁하는 오빠의 빈틈을 다 채워주고 오빠의

자존심을 세워주는 야무진 아이. 오빠가 졸업여행 갔을 땐

삼박사일을 꼬박 기다림으로 채우던 아이. 오빠랑 바둑으로

알까기를 하며 자지러지게 넘어가던 아이.

별로 숨을 데도 없는 집안에서 밤마다 오빠와 숨바꼭질

하는 게 세상에서 제일 재미있다는 아이. 그러다가 이불장

안에서 여러 차례 잠이 든 꼬마숙녀. 오빠가 아프리카에

가고 없는 지금 이슬이는 외로운 시간을 잘 이겨가고 있다.

그 재미있어 하던 숨바꼭질도 알까기도 못하고, 아침마다

학교도 혼자 가고, '엄마표 떡볶이'도 홀로 먹는 모습이

가끔 안쓰럽게 보이지만 오빠가 없는 새 이슬이가

부쩍 많이 컸다. 이제 무엇이든 혼자서도 잘하는 이슬이에게

어떤 상을 줘야 할까?

갈수록 어려운 숙제

"엄마는 나처럼 어릴 때가 좋았어, 아니면 지금이 좋아?"
"그야 너처럼 어릴 때가 좋았지."
"난 빨리 어른이 되고 싶어. 그럼 숙제가 없으니까….."
"어른들도 숙제 있어. 갈수록 어려운 숙제가 많아."

"누가 내주는데? 안 하면 혼나?"
"음… 그런 건 아니고.
이슬이가 문제를 잘 푸니까
한 학년씩 올라가는 것처럼
어른들도 한 문제 풀고 나면
그 다음엔 좀 더 어려운 문제가 나와."

"그래도 난 어른이 되고 싶어.
숙제도 없고 준비물도 없으니까."

내일 가져갈 과제와
미술 준비물을 챙기는 내내
이슬이가 한 말입니다.

숙제도 다 해놓고
준비물도 챙겨놓고
편히 잠이 든 아이
혹시 이슬이가 오늘 밤 꿈속에서
그토록 바라는 어른이 된다면
저는 잠시라도 이슬이 같은
어린아이가 되고 싶습니다.
숙제와 준비물만 챙기면
맘 편하게 누울 수 있는
초등학생이 되고 싶습니다.

우리 아파트 5층엔 예쁜 천사들이 살고 있다. 윤아, 윤이, 나영이.
얼굴만큼 이름도 예쁜 세 자매인데 누가 봐도 그 아이들은
천사다. 어느 날 윤아가 일기장과 연필 한 자루를 들고 우리
집으로 올라왔다. 언니를 따라온 윤이는 튀김 한 개를 입에 물고

 이삭이와 이슬이네 집

현관에 들어서서 신발을 털어내듯 벗어던졌다.

"윤이도 왔어? 윤이야~ 신발 예쁘게 놓아보자."

윤이는 말은 잘 못해도 상대방의 이야기는 잘 알아듣는다.
내 말이 끝나기도 전에 뒤돌아서서 흩어진 신발을 예쁘게
정돈하고 들어왔다. 윤아가 1학년이 되어 글씨체를
바로잡아주고 싶어 오라고 한 건데 그때마다 동생 윤이가
따라왔다. 윤이는 언니를 그림자처럼 따라다닌다. 그날도
책상 위에 일기장을 펼쳤는데 윤이가 언니 공책에 기분 내키는
대로 휙휙 낙서를 해버렸다.

"…"

윤이가 낙서한 것보다 나를 놀라게 한 것은 아무렇지도 않게 웃는
윤아의 모습이었다. 화를 내거나 짜증 내는 기색이 전혀 없었다.
윤아는 또박또박 가르쳐주는 대로 예쁜 글씨로 일기를 쓰고
윤이는 책상 위에 놓인 물건들을 신기한 듯 만지작거리며 놀았다.
일기 쓰기를 마치고 윤이를 무릎에 앉혀서 정확한 발음을
연습시켜 보았다. '아빠'라는 발음 외에 윤이의 말은 좀처럼
알아듣기가 쉽지 않았다. 그런데 언니 윤아는 거의 알아듣고
있었다. 그리고 나에게 차근차근 윤이의 말을 통역해주었다.
나는 그때 어린 윤아를 보면서 깨닫게 됐다.

사랑하는 마음이 있으면 다 들린다는 걸.

여덟 살 윤아, 여섯 살 윤이, 두 살 나영이. 천사처럼 예쁜

세 딸을 두어서 그런 걸까? 아이들의 엄마도 마음씨가 천사다.
인상 좋고 사람 좋은 네팔 사람과 국제결혼을 해서
딸 셋을 낳은 그녀!
그래서 아이들은 엄마의 성을 따라 쓰고 있다. 첫째 딸인
윤아는 잘 자랐는데 둘째 딸 윤이는 웬일인지 돌 지나고부터
말을 잘 못해서 현재 치료가 필요한 상태다.
며칠 전, 놀이터에서 윤이와 놀다 들어온 이슬이가 얼굴에
난색을 표하며 이런 말을 했다.
"엄마, 윤이가 욕을 배웠나 봐."
"그래? 뭐라고 했는데?"
"말해도 돼? 나쁜 말인데….."
평소 나쁜 것은 흉내도 내지 말라고 가르쳤더니 이슬이는 윤이가
욕을 했다는 말만 하고는 머뭇거리고 있었다.
"착하고 예쁜 윤이가 그럴 리가 없는데 뭐라 그랬을까?"
"띠발 띠발 했어. 그리고 뻑큐도 했단 말야."
이슬이가 손가락을 펴서 윤이가 한 그대로 흉내를 냈다.
"하하하, 정말? 이슬아, 너무 걱정하지는 마. 윤이는 아직
애기라서 그게 무슨 말인지 잘 몰라. 놀이터에서 놀다가
큰 아이들이 하는 말 듣고 배웠나 보다. 엄마가 조만간 놀이터에서
윤이 만나면 잘 얘기해줄게."
심각한 표정으로 이야기하는 아이에게 별일 아니라며 웃으면서

답해주었다. 경제적인 형편으로 전문기관에도 못 맡기고
세 아이를 키우는 윤아 엄마가 얼마나 벅찰까 싶은 생각이 들었다.
그녀가 안고 가는 숙제가 무거워 보였다. 이슬이에게 어른들도
숙제가 있다는 말을 하다 보니 오늘도 윤아 엄마 생각이 난다.
자기 나이보다 많은 숙제를 풀어가면서도 언제나 밝게 웃는
윤아 엄마. 아마도 윤아와 윤이, 나영이가 천사처럼 예쁜 이유는
엄마의 미소를 닮아서 그런 것 같다.
한동안 우리 집에 찾아오던 녀석들이 요즘은 또 뜸하다.
조만간에 세 천사를 찾아가 봐야겠다. 가서 학교숙제를 잘하고
있는지 오랜만에 좀 살펴봐야겠다.

당신이 젤 이뻐

남편은 정말 지혜로운 제 인생 최고의 동반자입니다.
"당신이 젤 예뻐!"
이 말 한마디로
가정의 평화를 지키는 사람이니까요.

산딸기와 사랑

새벽마다 산에 오르는 남편이
오늘은 인왕산 자락 어디서 찾아냈는지
산딸기와 살구를 따가지고 들어와
제 입속에 넣어줬습니다.

남편은 말이 별로 없는 사람입니다.
"말보다는 사는 게 더 쉽다"고
언젠가 했던 그의 한마디는
보석처럼 제 가슴에 박혀 있습니다.

오늘도 몽골 사람의 전화를 받고
부리나케 달려 나가면서
잠이 덜 깬 채로 서 있는 저와
아직도 꿈속에 있는 아이들을
꼭 안아주고 가는 걸 잊지 않았습니다.

그는 분명
사랑이 무언지
아주 잘 아는 사람입니다.

오늘 아침엔
그의 사랑이
작은 산딸기에
알알이 박혀 있었습니다.

"여보, 잘 말하는 사람은 많은 말을 하는 사람이 아니라 침묵하는
사람이 아닐까?"
언젠가 뒷산에 올랐을 때 남편이 들려준 이야기다.
우리 부부의 특징이라면 나는 실제 삶보다는 글재주로,
남편은 말이나 글보다는 삶으로 살아내는 사람이다. 남편은 가끔
돌아가신 아버지 얘기를 하곤 하는데 고등학교 시절 지병으로
돌아가신 아버지는 참 성실한 분이었다고 한다.
난 시아버지를 뵌 적이 없지만 남편을 보면 어떤 분이셨을지
짐작이 간다. 아버지도 좀처럼 말수가 없으셨다고 하는데
"그 아버지에 그 아들"이라는 속담처럼 남편은 아버지를

닮았나 보다. 우리 아이들에게 물어봤다.

"이삭이는 이다음에 어떤 사람이 되고 싶어?"

"아빠처럼 큰일을 하는 사람!"

"이슬이는 어떤 사람과 결혼할 거야?"

"난 시집 안 가. 절대로!"

"엄마는 아빠랑 결혼해서 참 좋은데 이슬인 결혼 안 할 거야?"

"음…. 우리 아빠 같은 사람이면 결혼할 거야. 그리고 결혼해서
난 엄마 아빠랑 같이 살 거야."

아빠가 큰일을 하는 사람이라고 굳게 믿는 이삭이의
믿음이 예뻤다. 아빠 같은 사람이면 결혼하겠다고 말하는
이슬이의 말을 들으며 남편에게 '성공했다'고 말해줬다.

남편의 사랑은 유별난 데가 없다. 날마다 살갑게 달콤한 고백을
해오는 것도 아니고 값비싼 선물 공세를 하는 것도 아니고,
세련된 데도 별로 없고 그냥 처음 마음 그대로, 처음 사랑 그대로
변함없다는 게 장점이랄까? 지금도 나를 볼 때면 처음 만났던
그때처럼 설렌다는데, 백 프로 다 믿기진 않지만 듣기
싫지는 않다. 처음처럼 사랑하며 살고 싶은 바람이 담긴 말이니까.
그것이 가정의 아름다운 모형을 지키며 살아가는 기초석이니까.
때로 침묵으로 더 많은 말을 하는 남편, 말이 아닌 삶으로
사는 남편, 사랑하는 두 아이가 꼭 닮고 싶은 사람 1위로 뽑은
그는 올해도 봄이 오면 뒷산에 올라 비탈진 곳을 뒤질 것이

분명하다. 그리고 어렵사리 구해온 산딸기 한 줌을 내밀며
환하게 웃겠지. 아이들도 절대 안 주고 내게만 주는 산딸기!
나는 해마다 그 산딸기를 먹고 싶다.

긴급구호

왕십리에 위치한 30년 된 설렁탕집!
얼마 전 어떤 목사님이 그곳에 들러
막 음식을 주문하려는데
또 한 사람이 음식점으로 들어섰고
목사님은 반가운 사람을 만난 듯
그분을 불러 함께 식사를 했습니다.

그 다음 주, 목사님은
또 그 설렁탕집을 찾았습니다.
그런데 음식점 주인이 다가와
"저… 이제부터 목사님께는 음식 값을
받지 않겠습니다"라고 말했습니다.
목사님이 이유를 묻자
"지난주 이곳에 온 노숙자와 함께
식사하시는 모습을 보고

제 마음에 감동이 있었습니다.
그래서 앞으로 목사님께는
음식 값을 받지 않기로 했습니다.
언제든 저희 집에 오셔서 맛있게 드셔주세요."

그 목사님은 제가 잘 아는 사람입니다.
15년째 저와 한집에 사는 남편이거든요.
그는 아내의 높은 기대만큼 설교를 잘하거나
탁월한 리더십이 있거나 눈에 띄는 사람은 아니지만
한 영혼을 귀하게 여기는 목자의 마음을 지닌
사람임에는 틀림이 없습니다.

거리에서 만나는 노숙자에게나
교회 안에서 돌보는 외국인 근로자에게나
집에 돌아와 마주하는 가족들에게나
제가 지금까지 가까이서 보아온 남편은
언제 어디서든 누구에게나 한결같습니다.

요즘 지진으로 고통 받는 아이티를 위해
후원금을 보내기로 작정할 때도 남편은
제 마음속 계산과는 많이 달랐습니다.

긴급구호! 그 말이 전하는 다급함을 아는 듯
우리 형편을 헤아리거나 계산하지 않고
당장 고통 당하는 이들을 향해 달려가는
절박한 심정이 된 듯했습니다.

추운 겨울 새벽,
배고픈 노숙자에게 대접한
따뜻한 설렁탕 한 그릇의 정성을
누군가 알아준 것이 아내인 저로서는
못내 고마웠고, 그래서인지
또 긴급구호 아이티를 향해
마음 쏟는 남편을
차마 막을 수가 없었습니다.

어찌 보면 자랑처럼 들릴 수 있는
남편의 이야기로 글을 이었지만
물 한 모금이 간절한 아이티에
작은 생수 한 병 전하는 심정으로
우리 가진 것을 나누어야 한다고
말씀드리고 싶네요.

긴급구호!
어느 날엔 이 긴급구호가
우리에게도 필요할지 모르니까요.

십여 년 전, 남편은 교회에 찾아오는 노숙자 전담 전도사로
일한 적이 있다. 일주일에 한 번씩 서울역을 비롯해 주변에서
몰려오는 노숙자들에게 말씀을 전하고, 상담하고, 끝나면
점심 값을 드리는 일이었는데 그 숫자가 이백 명을 넘었다.
많이들 찾아오는 것은 반가운 일이었지만 그분들이 한자리에
모인 곳은 거의 숨 막힐 지경이 됐다. 오랫동안 몸을 씻지 못해서
나는 찌든 냄새 때문이었다.
도무지 어떻게 말로 설명이 안 되는 냄새였다. 결국 피아노
반주자도 못하겠다며 사의를 표하고 그곳을 청소하는 분도
하소연을 해오셨다. 아무리 청소를 해도 냄새가 가시지
않는다고…. 결국 남편은 돕는 사람 하나 없이 그분들을 맞이하고,
말씀을 전하고 혼자서 그 일을 다 해냈다. 힘들지 않았느냐고
묻는 내 질문에 싱거운 표정으로 웃으며 이런 말을 했다.
"여보, 우리도 다 냄새나는 사람들이야."
여하튼 그 경력 때문일까? 남편은 대부분 사람들이

가까이하기를 꺼려하는 노숙자들과 스스럼없이 지내는 편이다.

올겨울, 폭설과 혹한으로 많은 사람들이 어려움을 겪을 때

또 한 분의 노숙자를 만났다고 한다. 그것도 공중화장실 안에서….

밤늦게 들어온 남편이 잠들지 않은 딸 곁에 누워 들려준 이야기다.

"이슬아, 오늘 말이야. 아빠가 공중화장실에 들어갔는데 어떤

아저씨가 주무시고 계셨어. 화장실 바닥에 박스를 깔고 말야."

"헉, 화장실은 냄새나잖아"

"응…. 냄새가 많이 나지."

"근데 왜 거기서 자? 집 없대?"

"응…. 그런가 봐."

"화장실에 온풍기가 돌아가고 있었는데 따뜻한 데를 찾아오신

거야."

"이불도 없이 박스만 깔고 자?"

"응…. 그래서 아빠가 차에서 가끔 쉴 때 덮던 침낭을 갖다

덮어드렸어."

"아빠 침낭을?"

"응…. 아빠 눈엔 그분이 왠지 예수님 같아 보였어."

"으응… 그랬구나…. 잘했어. 아빠!"

이슬이는 아빠의 목을 꼭 끌어안으며 날씨가 많이 추운데

아저씨는 또 어디로 가셨을까 걱정하면서 스르르 잠이 들었다.

우리 누운 곳이 따뜻해서, 방도 따뜻하고 이불도 넉넉해서 주변의

어려운 분들을 그간 잊고 지냈다. 홀로 추위를 견디며 살아가는
분들이 많다는 걸 무심히 잊고 지냈다.

 갈수록
주변 일들에 무뎌지고 온기를 잃어버리는 마음을 차마
부인할 수가 없다. 아무리 춥고 아무리 거센 한파가 몰아쳐도
사람들 마음만은 식지 않았으면 좋겠다. 남편의 이야기를
들으면서 온풍기 돌아가는 화장실보다, 봄볕 드는 양지바른
곳보다 더욱 따뜻한 곳이 다름 아닌 사람들의 마음이면
좋겠다는 생각을 해본다.

정말 사랑하려면

오늘 아침, 밥상을 앞에 두고
오랜만에 남편이 나눠준 이야기입니다.

"여보, 좋은 일을 많이 한다고 해서
하나님을 잘 안다고 할 순 없어.
많은 일로 분주해지기 전에
하나님 마음을 많이 묵상해.
하나님과 더욱 친밀해져.

그래야만
그분의 마음을 닮은 말이 나오고
그분의 모습으로 살아갈 수 있어.
좋은 것 많이 보고
좋은 설교 많이 들었다고 해서
그 말로 사람들을 가르치려 하면

더 어려워질 수 있어.
그보다는 먼저
예수님 마음을 알아야 해.
사람들을 향한 예수님의 마음….

그 마음을 깊이 알고
사람들을 만나야
상처 주지 않고
상처 받지 않고
정말 사람들을 사랑할 수 있어.
당신 가슴이 메마르지 않길 바라.
기도에 깨어서
하나님 사랑으로 늘 젖어 있길 바라."

조용히 일어나 설거지 하는데
마음에 다시 들려오는 이야기
메말랐던 제 가슴에 도전이 되어
짧은 글로나마 나눠봅니다.

어느 날, 아는 사람과 마찰이 생겨 한동안 가슴앓이를 하다가
하도 답답하고 속이 안 풀려 남편에게 미주알고주알 털어놓았다.
그런데 물끄러미 나를 바라보던 남편이 이런 말을 했다.

"뭐라고? 나더러 그 사람을 사랑하라고? 나 그렇게 못해.
아니, 안 해. 내가 왜 그 사람을 사랑해야 하는데?"
"그 사람을 사랑하란 말이 아니라 당신 안에 사랑이 없다고…."
"….."

억울한 마음에 대들듯 말하던 나는 남편이 무슨 말을 하는지 이내
알아챘다. 더 이상 군말 하지 않고 내 안에 사랑 없음을 인정했다.
남편은 언제나 내 이야기를 잘 들어준다. 그러나 한 번도
즉석에서 이야기의 결론을 내려주거나 내 입장이 되어 맞장구를
쳐준 적이 없다. 항상 얼마쯤 시간이 지난 후에 차분히 조언을
해준다. 들어보면 틀린 말은 아닌데 나는 늘 그게 서운했다.

"팔이 안으로 굽는다는 속담도 있는데 내 편 좀 들어주면
안 되나?"

많이 서운할 땐 남편이 아니라 남이라는 생각을 한 적도 있지만
결혼 15년을 넘긴 요즘은 초월하고 산다. 한술 더 떠서 이제 어떤
일이 생기면 속으로 이런 생각을 한다.
'남편이라면 어떻게 했을까?'
성경 〈고린도전서〉 13장은 사랑장이다.

'사랑은 언제나 오래 참고'로 시작되는 글은 중간에서
'모든 것을 참으며'라고 다시 한 번 언급한다. 그리고 뒤이어
'모든 것을 견딘다'고 말한다. 사랑의 속성 중 가장 중요한 것은
인내심이다. 오래 참고 견디는 마음을 먼저 훈련하지 않으면
사랑은 풀어내기 어려운 과제가 된다. 엊그제 잠깐 만난 후배도
살면서 제일 힘든 건 인간관계인 것 같다고, 공동체 안에서
사람들을 진심으로 사랑하는 일은 쉽지 않은 과제라고 힘든
마음을 내비쳤다. 세상은 모두 관계로 연결되어 있다. 가정에선
남편과 아내로, 부모와 자녀로, 조금 확대하면 시어머니와 며느리,
동서지간으로, 그리고 친구와 이웃, 직장에 나가면 동료들과의
관계로 그 범위가 확장된다.

심리상담가 로렌스 크랩은 사람은 누구나 인격적이고 친밀한
관계를 통해 서로의 필요를 충족해 나간다고 말한다. 자신이 다른
사람으로부터 진정으로 사랑받을 뿐 아니라 상대방에게
받아들여지는 느낌을 갖는 것이 중요하다고 말한다.
내가 다른 사람에게 중요한 존재이며, 지속적으로 긍정적인
영향을 미치고 있다는 느낌을 받는 것, 그리고 나 자신도 그런
존재가 되는 것, 이것이 관계의 법칙이고 사랑의 법칙인 것이다.
내 경험을 토대로 결론을 이야기한다면,
정말 누군가를 사랑하려면 내 눈에 가시 같은 행동,

내 목에 가시 같은 말을 꿀꺽 삼켜야 한다는 것이다.
희한하게도 일단 꿀꺽 하고 목 뒤로 넘기면 안에서 대단한
소화능력이 발휘된다. 그 거친 가시가 속에서 소화가 된다.
그리고 점차 시간이 지나면서 사랑을 아는 사람이 되어간다.
사랑의 사람이 되는 것이다. 이건 가시 같은 말을 삼켜본 사람만이
알게 되는 원리이다. 사람이 둥글어지면 사랑이 된다고 어디선가
재미있는 말을 들었다. 밑에 받침 하나 바꾸어 사랑이 완성된다면
정말 좋겠지만 말처럼 사람이 둥글어지기가 쉽지 않다.
세월 속에 깎이다 보면 가능해질까?
그런데 그것도 사람 나름인 것 같다. 나 좋아해주는 사람을
좋아하는 것은 쉽다. 나 사랑하는 사람 나도 사랑하는 게 뭐가
어려운가. 그건 엄밀히 말해 사랑은 아니다. 문제는 진정한 사랑의
사람이 되려면 뾰족한 가시를 삼킬 줄 알아야 하는데 그게 보통 내
공으로는 어려운 일이다.
나는 아직 한창 연습 중인데 남편에게서 먼저 보고 배웠다.
꿀꺽꿀꺽 가시를 잘 삼키는 남편에게서…. 처음엔 그런 모습이
신기했다. 남편도 속으로는 꽁한 마음으로 미운 사람을 두고두고
곱씹을 거라 생각했는데 지켜보니 그렇지가 않았다. 바보가 아닌가
하는 생각도 들었다. 열 길 물속은 알아도 한 길 사람 속은
모른다더니 도대체 속을 알 수 없는 사람이었다. 그가 그토록 인내
할 수 있는 힘은 어디서 나오며 입에 거미줄 쳤느냐고 물을 만큼

침묵할 수 있는 능력은 무엇일까 싶었다.

그런데 이제 와 생각해보니 단순한 결론이 나온다.

남편은 〈고린도전서〉 13장을 통해 그 사랑을 배우지 않았나 싶다.

정말 사랑하려면 먼저 〈고린도전서〉 13장을 읽어보기 바란다.

다 아는 내용이라고 간과할 일이 아니다.

나는 최근에 아예 사랑장을 통째로 외워버렸다. 그리고 실제로

한바탕 말싸움을 할 일이 생긴 날, 꾹 참고 마음속으로

〈고린도전서〉 13장을 암송했다. 상대가 무슨 말을 퍼붓든

〈고린도전서〉 13장을 다 외우기 전까지 입을 떼지 않기로

작정하고서 말이다. 기적은 일어났다. 우린 다투지 않았고 심지어

아무런 말도 하지 않았다. 시시비비 가릴 일을 잊어버린

사람들처럼 아무 일 없다는 듯이 서로 웃으며 헤어졌다.

사랑의 능력은 그 짧은 시간 속에 있었다. 잠깐만

참고 인내하면 되는 것이었다. 사랑은 그렇게 단순한 것이었다.

변함 없는 기준

제 주변엔
좋은 사람들이 많이 있습니다.
그 영향력으로
어느 땐 제 삶의 기준이
어떤 사람이 되기도 하고
어떤 상황이 되기도 합니다.
기준은 변함이 없어야 하는데
저는 종종 변하는 상황과 사람에
기준을 둘 때가 있습니다.

제 남편은 저와는 많이 다릅니다.
그는 웬만해선 사람이나 상황에 따라
요동치 않습니다.
지금까지 보아온 남편의 모습과
그 삶의 기준은 언제나 분명합니다.

몽골 부부의 아기가 미숙아로 태어나
턱없이 높게 나온 병원비를 준비할 때도
남편은 제 생각과 달랐습니다.
저는 제 손익분기점에서
크게 벗어나지 않게, 그야말로
체면치레로 나눠줄 뿐인데
남편은 상대방의 입장이 됩니다.
아픈 아기 엄마의 마음이 되고
아빠의 마음이 됩니다.

그간 방송국 일을 해오며
영향력 있는 분들을 종종 만나면서
남편을 생각한 적이 많습니다.
'내 남편도 저런 분들 같다면
얼마나 좋을까!'
오늘 가만히
제 마음을 들여다봅니다.
제가 갖고 싶었던 것은
그분들의 인품보다는 인기였습니다.
세상에서 받는 존경과 관심
그것이었습니다.

남편은 제가 만난 누구보다도
진실한 사람입니다.
말에나 일에나 그에게는
허영이나 겉치레가 없습니다.
사람의 시선을 기준으로
삼은 적이 없습니다.
갈채가 있는 자리, 조명이 있는 자리
남편은 그런 자리에 선 적이 없지만
저는 오늘 남편에게
박수를 보내고 싶습니다.
그리고
세상의 이목에 더 관심 많았던
부끄러운 제 마음을 조용히 내려놓습니다.

'정치적인 데가 없는 사람'이라고 언젠가 아는 분이 남편을
그렇게 평가했다. 그게 무슨 말인지 처음엔 잘 몰랐다. 남편은
자신의 진로나 중요한 일을 결정할 때 눈앞의 이익을
우선순위에 둔 적이 없는 사람이다. 그런 모습을 보며
아내로서 아쉬운 적도 많았고 좀 더 편한 쪽을 선택했으면

하는 바람도 있었지만, 지금에 와서 돌아보면 남편이 참
자랑스럽다. 말이든 감정이든 좀처럼 위험수위를 넘지 않고 무슨
일이든 드러나지 않게 조용히 하는 사람, 항상 상대방의 입장을
먼저 생각하는 사려 깊은 사람….
이제까지 내가 보아온 남편의 모습이다. 때론 사람들과의 관계나
그 삶이 너무 단순해서 재미없게 느껴질 때도 있지만 함께
살다 보니 이젠 그런 점이 오히려 매력으로 보인다.
너무 팔불출 같은 소린가? 그러나 가족들이 서로에게 팔불출이
된다는 것은 어쩌면 가장 바람직한 가정의 모습이 아닐까?
서로 사랑하고, 자랑스러워하며 믿어주는 관계가 바로 가족이어야
하는 것이다. 어느 프로그램인지 제목은 기억나지 않는데
재미있게 봤던 TV의 한 장면이 생각난다. 방송 진행자가
출연자로 나온 할머니에게 물었다.

"할머니와 할아버지 같은 사이를 뭐라고 하죠?"
"웬수!"
진행자는 폭소를 터뜨리며 다시 질문했다.
"아니요. 네 글자로요."
"평생 웬수!"
모두들 배를 움켜잡고 웃었지만 '천생연분'이 아닌 '평생웬수'로
살아온 할아버지 할머니의 삶은 얼마나 고단하고 힘들었을까?
남편에게 어느 날 이런 질문을 해봤다.

“여보, 어떻게 하면 하나님 마음을 알 수 있어?”

“친해지면 알 수 있지. 당신이 친한 친구의 마음을 아는 것처럼.”

“어떻게 하면 친해지는데?”

“단순하게 살면 돼.”

남편의 답은 간단했다. 빠르게 돌아가는 세상 속에서 너무

단순하고 재미없이 살아가는 것처럼 보이지만 남편이야말로

가장 중요한 것을 놓치지 않는 사람인 것을,

어제처럼 오늘도 그 삶의 기준이 분명한 사람인 것을

나는 곁에서 늘 확인하게 된다. 남편과 더 친하게 지내야겠다.

갈대처럼 흔들리는 연약한 나로서는 남편 곁에 꼭 붙어 지내는

수밖에 다른 방법이 없을 것 같다.

윈도 세븐과 반지

이번 주에
생각지도 못한 선물을
두 가지나 받았습니다.

윈도 세븐!
최신형 컴퓨터라고 하네요.
그리고 알이 박혀 있는 반지!
밤늦게 들어온 남편이
제 손가락에 끼워주었죠.
결혼할 때도 예물을 생략했는데
웬일인가 싶어 물었더니
쑥스럽게 웃는 남편

"으응… 교회 바자회에서 샀어."
"에~에?"

사실 보석상에서 샀다 해도
분별하지 못했을 텐데
어쨌거나 마음이 느껴지는
고마운 선물이었습니다.

새 컴퓨터를 바라보고 있자니
지난날이 생각납니다.
집에 컴퓨터가 없던 시절,
동사무소 컴퓨터를 사용하는 제가
안쓰러워 보였는지 남편은 어느 날
말도 없이 제 책상 위에
컴퓨터를 갖다 올려놓았습니다.
비록 중고였지만 그것은
가슴 찡한 선물이었습니다.
남편이 자신의 노트북을 팔아
사준 거였거든요.

요즘 들어 컴퓨터가 오래되어
속도도 느리고
중간에 꺼져버리기도 하고
말은 안 했지만

여간 답답한 게 아니었는데
등 뒤에서 바라보던 남편이
또 조용히 나가더니
이번엔 중고가 아닌
새것을 안고 들어왔습니다.

바자회에서 산 반지도
오래지 않아 빛바랠 것이고
윈도 세븐도 지금은
최고로 쳐주지만
머지않아 더 좋은 성능 앞에
무릎 꿇겠죠.

하지만 빛바래지 않을 것은
해가 더해 갈수록 업그레이드되고
깊어지는 그의 사랑이 아닐까 싶습니다.
곁에서 지켜보던 이슬이가 말하네요.

"엄마, 결혼 참 잘한 거 같아."

남편이 학생일 때 결혼을 했던 터라 우리의 신혼 초는 늘
빠듯했다. 나는 아침마다 학교로 향하는 남편을 향해
이렇게 놀리곤 했다.
"당신은 장학생이야. 장(長)학생!"
직장을 다니다 뒤늦게 시작한 공부라서 경제적으로 여유롭지는
못했지만 사랑한다는 이유로, 젊다는 이유로 우리는 행복한
신혼을 보냈다. 그 시절, 남편은 공부하러 학교 가기보다는
도시락을 나르는 사람 같았다. 매일 아침 그의 가방을 가득 채운
건 도시락이었다. 형편이 어려워 점심을 못 싸오는 친구들
몫까지 싸갖고 다녔기 때문이다.
'학교에 가서 도시락만 까먹고 오나?' 싶은 생각도 들었지만,
돌아보면 우리 같은 형편에서도 누굴 도울 수 있다는 게
참 감사한 시절이었다.

그러던 어느 날, 우리에게 희소식이 들려왔다. 컴퓨터가 없는
남편을 위해 울산 사시는 형부가 노트북을 택배로 부쳤다는
것이다. 받아보니 남편이 평소 갖고 싶어 하던 제품이었다.
남편은 얼마간 노트북을 배 위에 올려두고 잤다. 그렇게 좋을까
싶었다. 기뻐하는 남편을 보며 나도 흐뭇했다. 그것만으로도

감사해서 나는 집에 컴퓨터가 따로 없는 것에 대해 불편한
생각조차 못했다. 그냥 자연스럽게 매일 동사무소에 나가
주민들을 위해 비치해둔 컴퓨터 앞에 앉아 메일도 확인하고
친구들에게 짧은 소식을 전하기도 했다. 그것은 나의 하루 일과 중
휴식 같은 시간이었다. 그런데 남편은 나와 생각이 달랐나 보다.
어느 날 밤, 나는 비보를 접했다. 남편이 금쪽같은 자신의
노트북을 팔아 중고 컴퓨터를 사갖고 온 것이다.
내가 동사무소 컴퓨터를 사용하는 게 못내 안타까웠던 모양이다.
속이 상했다. 가까운 친구는 오 헨리의 단편소설
〈크리스마스 선물〉도 생각나고, 김소운의 〈가난한 날의 행복〉을
보는 것 같다고도 말했지만 나는 남편의 결정이 바보 같은
처사라고 생각됐다.
그런데 설상가상으로 얼마 지나지 않아 우리 집에 놀러온
동네 아이들이 남편이 사준 컴퓨터를 와자작 깨버렸다.
장난치며 놀다가 모니터를 깨버린 것이다.
"야, 이놈들아! 이게 어떤 컴퓨터인데…."
그렇게 소리라도 지르고 싶었으나 너무 어이가 없어 컴퓨터와
아이들만 맥없이 번갈아 보았다. 어떻게든 고쳐보려고 수리하는
곳에 가져갔지만 새로 사는 게 더 싸다는 결론만 듣고 터벅터벅
집으로 돌아왔다. 그 시절이 가난한 날의 행복까지는 아니지만,
가난한 날의 추억으로 내 가슴에 남아 있다.

하긴 아내를 사랑하는 남편의 지극한 마음을 느낄 수 있었으니까 가난한 날의 행복이라는 말도 맞는 것 같다.

지금 남편에겐 노트북이 있고 나에겐 윈도 세븐! 최신형 컴퓨터가 있다. 내 손가락엔 남편이 바자회에서 사온 삼천 원짜리 패션 반지도 끼워져 있다. 정말 아쉬울 것 없는 아내가 아닌가. 남부러울 것 없는 아내인 것이다.

우리 딸, 이슬이의 말이 맞다. 난 결혼을 참 잘한 것 같다.

당신이 젤 예뻐

남편은 제 마음이 삐뚤어져 있을 때
바로잡아주는 최고의 선생님입니다.
예를 든다면
제가 어떤 일로 화가 나서 툴툴거리면
일단 이야기를 다 들어줍니다.
다 들어주고는 딱 한마디로
제 마음을 풀어줍니다.
"여보, 예쁜 당신이 참아."
신기하게도 그 말을 들으면
마음이 싹 풀립니다.
매번 듣는 이야기인데도
매번 마음이 풀리면서 웃음이 납니다.

남편은 제 장점과 단점을
아주 잘 아는 최고의 친구입니다.

가끔 제가 바가지를 긁으면
조용히 뒷산을 찾는 사람이지만
다투는 여인과 한 집에 사느니
움막이 좋다면서 잠시 나가지만
남편은 뒷산 중턱에 올라
소나무 사이에서 저를 향해
힘차게 두 손을 흔들어줍니다.
"여보, 당신이 젤 예뻐!"
잘 안 들리지만 그렇게 말하는 걸
저는 잘 압니다.

제일 예쁘다는 한마디가
오늘도 제게 행복을 전해줍니다.
비싼 선물을 안사도 되고
돈 한 푼 안 드는 말을
참 잘 선택했다는 생각이 듭니다.
남편은 정말 지혜로운
제 인생 최고의 동반자입니다.
"당신이 젤 예뻐!"
이 말 한마디로
가정의 평화를 지키는 사람이니까요.

'저 사람이 나를 좋아하는군.'
교회 안에서 오고가며 마주칠 때마다 얼굴이 빨개지는
사람을 보며 나는 속으로 생각했다. 나는 유치부 교사였고
그는 초등부 교사였다. 유치부실은 1층이었고 유리로 되어 있어
지나가는 누구라도 마음만 먹으면 들여다볼 수 있었다.
그런데 매번 들여다보는 사람이 있었으니 그가 바로 지금의
남편이다. 물끄러미 들여다보다가 나랑 눈이 마주치면 화들짝
놀란 표정으로 자리를 뜨는 그였다. 어느 날, 무슨 용기가 났는지
그가 나에게 오더니 잠깐 이야기 좀 하자고 했다.
난 별다른 생각 없이 그러자 했고 우리는 주일 저녁예배를 마친 뒤
광화문 거리를 걸었다.

잠시 말없이 걷다가 그가 먼저 입을 열었다. 그리고 대뜸 한다는
말이 자기는 '3인 3예'를 갖춘 사람을 배우자로 찾고 있다는
것이었다.
"그게 뭔데요?"
"그러니까… 그게….."
수줍으면 얼굴이 빨개지기보다 까매지는 그였다. 까만 얼굴이
더 까맣게 변하면서 그는 3인 3예를 설명했다.

"3인은 말이죠. 모두 '인'자로 시작되는 데요. 인격적인 사람,
인내한 사람, 인정받는 사람입니다. 그리고 3예는 역시나
'예'자로 시작되는데 예수님의 사랑을 아는 사람, 예의바른 사람,
그리고… 예쁜 사람이죠."
신중하게 얘기하는 그 앞에서 나는 싱겁게 웃었다.
그는 궁금하다는 듯 질문을 던졌다.
"혹시 교제하는 사람 있어요?"
"네."
나의 대답에 당황할 줄 알았는데 그는 주저함 없이 뒤이어
말을 이었다.
"결혼을 전제로 한 만남이 아니라면 저도 한번 도전해보고
싶습니다."
나는 재빠르게 마음에도 없는 말을 건넸다.
"결혼을 전제로 교제하고 있어요."
"…."

그것이 첫 만남이었고 2년 뒤 우리는 결혼했다. 나이 서른을
앞두고 결혼을 준비하던 때의 일들이 떠오른다. 하필 같은 시기에
아버지가 뇌졸중으로 쓰러지셔서 나는 결혼식보다는
아버지의 병원비 걱정에 더 마음을 졸였다. 결혼식 날짜는
이미 정해졌고 어딜 돌아봐도 내겐 비빌 언덕이 없어 막막한

심정으로 결혼을 준비해야 했다. 교회 어른들의 도움으로
피로연은 간단하게 국수를 준비하기로 했고, 결혼식 꽃꽂이를
하고 남은 꽃으로 부케를 만들었다. 교제할 때 나누어 낀 커플링을
결혼예물로 대신했고, 예단은 양가의 합의하에 생략했다.
신촌에서 빌린 웨딩드레스 한 벌 값을 포함해 우리의 결혼식
비용은 150만 원을 넘지 않았다. 검소를 선택한 것이 아니라
그것이 우리가 가진 전부였기에 선택의 여지가 없었다.
그렇지만 우리는 여느 신혼부부 못지않게 행복했다.

방 두 개짜리 반 지하 사글세 집에서 친정 부모님이 방 하나를
쓰시고, 시골서 직장 찾아 올라온 남편의 사촌 여동생이
우리 부부와 한 방에서 지내야 했지만 불편함을 몰랐다.
이런 얘기를 하면 아무도 이해를 못한다. 다들 말도 안 된다는
표정을 짓는다. 그러나 어쩌랴. 우리의 결혼생활은 그렇게
말도 안 되는 합숙으로 시작됐다.

그 시절, 아는 분이 아주 재미있는 말씀을 하셨던 게 기억난다.
"어떻게 세 사람이 한 방을 써? 아기는 안 가질 셈이야? 답답한
사람들이구먼. 아이고 내 속이 다 갑갑하네. 하긴 흥부도 방은 하

나였지만 자식들은 많았지…. 뭐… 알아서들 해."
우린 흥부처럼 자식을 많이 낳진 못했지만 아들, 딸 낳고
행복하게 잘살고 있다.

결혼 7주년 되던 해인가? 유치원에서 퇴근하고 집에 돌아왔는데
외출할 채비를 마친 남편이 함께 갈 곳이 있다며 내 손목을
잡았다. 서두르는 남편을 따라 집을 나섰는데 남산으로 차가
올라가는 것이었다. 왠지 기분이 좋았다.
드라이브만으로도 행복할 터였는데 차는 서울 시가지가 훤히
내려다보이는 근사한 호텔 앞에 멈췄다.
"당신은 다 좋은데 여자 맘을 너무 몰라. 만날 한 턱 낸다는 게
고작 삼겹살이고 분위기도 없고 세련미도 없고…."
평소 내가 하던 잔소리를 한몫에 만회하려는 듯 남편은 그날 저녁
확실하게 한 턱 냈다. 나중에 남편의 양복 윗주머니에서
우리가 먹은 음식 값 영수증을 보고 놀란 이후로는 한 번도
분위기가 어쩌고저쩌고 언급한 적 없지만 어쨌든 결혼 7주년은
특별한 날로 내 기억에 남아 있다.

세월이 참 빠르다. 어느새 결혼 15주년이다. 그런데 올해는
약속이라도 한 듯 우리 둘 다 결혼기념일을 까맣게 잊었다. 아는
사람 결혼 1주년을 축하해주다가 우리 결혼기념일을 잊고

지났다는 걸 알게 됐다. 결혼 10주년 되던 날엔 기념으로 둘이서
인왕산 정상까지 올라갔었는데 이번엔 이도저도 없었다.
남편에게 어쩜 이럴 수 있냐고 했더니 멋쩍은 표정으로 빙긋이
웃기만 했다. 지나온 15년이 영화의 필름처럼 스쳐지나간다.
남편이 수줍게 청혼을 해오던 날과 결혼식 때의 뭉클한 감동과
재미난 에피소드들, 아이들 키우며 행복했던 시간들,
우리가 부부라는 이름으로 살아온 날들….
서로 다른 부분을 인정하기까지 갈등하는 시간도 있었지만
늘 묵묵히 기다려주고, 실수를 반복해도 격려해준 남편에게
고마운 마음을 전하고 싶다.
가만 생각해보면 우리가 함께 살아가는 모든 날들이
결혼기념일이 아닐까 라는 생각이 든다. 사실 기념할 만한
특별한 날도 있어야겠지만 그보다는 평범하게 살아가는
매일매일이 우리에겐 더 소중한 것 같다. 오랜만에 가족들과
삼겹살 좀 먹어야겠다. 결혼기념일도 있고 어린이날과 어버이날도
있는 가족의 달이니까! 오늘 저녁엔 삼겹살로 거하게 한 턱
내야겠다. 과거 남편이 냈던 호텔 음식 값에 비할 바는 아니지만
삼겹살 값도 요즘은 만만찮게 올랐다는 걸 꼭 밝히면서 말이다.

쌀가루 같은 흰 눈

며칠째 눈이 내립니다.
앞이 안 보일 만큼
새하얀 눈이
온 세상을 덮고 있습니다.

남편은 지금 몽골에 가 있습니다.
한겨울의 혹한과 배고픔을 겪는
몽골 사람들에게 석탄과 밀가루를
전하러 갔습니다.

이삭이와 이슬이도
석탄과 밀가루를 사서 전해달라며
아빠에게 하얀 봉투를 내밀었습니다.
그동안 모아온 용돈의 전부였습니다.
마음이 훈훈하고 따뜻해져 옵니다.

석탄 300포, 밀가루 100포!
얼마 안 되는 연료와 식량이지만
몽골의 100가정이 조금이나마
따뜻한 겨울을 날 수 있을 겁니다.

영하 32도의 칼끝 같은 바람 속에서
꽁꽁 얼어 빨개진 얼굴로
사랑을 전하고 있을 남편에게
맘속으로 조용히 격려의 인사를 건넵니다.

창밖엔 지금도
쌀가루 같은 흰 눈이
바람결에 흩날립니다.

가난하고 배고픈 몽골 땅에
저 눈이 모두 쌀가루로 변해
내려준다면 얼마나 좋을까라고
동화 같은 생각을 하다 보니
어느새 눈 쌓인 하얀 밤이 깊어갑니다.

해마다 몽골에 가는 남편을 따라 나도 두 차례 다녀왔다.

몽골은 사람들이 살아가기에 지역적으로 열악한 땅이다. 쉽게

말한다면 우리나라 설악산과 같은 높은 곳에 나라가 있는 것이다.

그래서 겨울엔 상상할 수 없을 만큼 춥고 여름엔 뜨겁고,

나무가 없어 땅은 건조하고, 물도 부족하고, 고산지대여서 산소도

부족하다. 과거 세계를 제패했던 나라, 동서양 문화와 유목 농경문

화를 경험한 민족,

감성과 과감성이 있는 민족, 유목생활로 이동성과 기동성이 있는

민족, 창의성과 열린 사고를 가진 민족…. 몽골은

그렇게 저력이 있는 민족이다.

남편은 청년 시절, 몽골에 대해 남다른 관심을 가졌다. 올해로

7년째 몽골인 사역을 하고 있는데 그 땅을 향한 마음이 남다르다.

그래서인지 몰라도 남편을 몽골 사람으로 착각하는 이들이

더러 있다. 현재 우리나라에 들어와 있는 몽골인의 대다수가

불법 체류자다. 먹고살 길이 막막해 찾아온 땅, 말 설고 물 설고

모든 게 낯선 이곳에서 그들이 조금이라도 마음 기댈 수 있게

어려운 일 겪을 때 도움이 되어주고 싶은데, 그 많은 사연들을

감당하기엔 늘 역부족이다. 다음은 그간 몽골 가족들과 함께하며

있었던 일을 기록해둔 일기의 일부분이다.

2007년 9월

한국에 와서 십 년 넘게 재봉틀을 돌린 버드러가 요즘 들어 부쩍
허리 통증을 호소한다. 버드러를 데리고 치료받으러 가는 길,
버스 맨 뒷자리에 나란히 앉아 우린 서로의 어깨에 머리를 기대고
말없이 창밖을 내다보았다.
"언니, 나 몽골에 가고 싶어. 언니 주머니 속에 나를 넣어서
데려가주면 안 될까?"
버드러는 '피터팬'에 나오는 작은 요정 '팅커벨'이 부럽다고
자주 얘기하곤 한다. 내가 어릴 때 어른들은 동화를 모를 거라
생각했다. 그러나 아이 어른 할 것 없이 누구나 마음속에 따뜻하고
그리운 동화가 한두 편쯤 살아 있다는 걸 알았다. 고향이 너무나
그리워서 팅커벨이 되고 싶은 버드러, 그런 버드러를 주머니에 넣
어 하늘을 날고 싶어 하는 나!
우리는 함께 그림을 상상해보다가 터져 나오는 웃음을 참지
못했다. 버스에 탄 사람들이 쳐다보는 것도 모르고 한참을
깔깔거리며 웃었다. 어린 시절 읽었던 한 편의 동화로 잠시나마
시름을 걷어내고 행복하게 웃어본 날이다.

2008년 1월

어요나는 일자리가 없어 지난 주일 몽골로 돌아갔다. 에르카는

고시원에서 나와 어젯밤 교회 복도에서 이불도 없이 잠을 잤다고
했다. 이라는 자정이 넘도록 학교에서 공부하다 차가 끊겨
신촌에서 독산동 집까지 걷고는 결국 다음 날 열감기로 일어나지
못했다. 싸이칸은 일하다가 손을 다쳐 심하게 곪았는데 휴지로
감고 교회에 왔다. 투글투르는 마장동 우시장에서 일하다
불법체류 단속반이 나오는 바람에 냉장실에 들어가 세 시간을
버텨야 했다. 비단 몽골 가족들만의 얘기가 아니겠지. 계속되는
경제 불황에 외국인 근로자들이 유난히 추운 겨울을 보내고 있다.
오늘 바깥 기온은 영상이라는데 몽골 식구들을 만나고 돌아온
내 가슴엔 이번 겨울 들어 가장 추운 바람이 불고 있다.

2009년 8월

오늘은 토야가 체포됐다. 5년간의 불법체류 생활이 마감되는
날이었다. 지난 목요일 밤 수박 한 통 들고 오랫동안 만나지
못했던 토야를 찾아갔다.
"공장에서 점심식사를 안 하면 한 달에 8만 원을 더 받을 수
있어요. 그래서 집에 와서 밥 먹고 공장으로 급히 뛰어가다가
그만… 넘어져서 이렇게 다쳤어요. 그래도 눈과 팔은 안 다쳐서
다행이에요. 눈이랑 팔을 다쳤으면 일을 못했을 텐데…."
코뼈와 얼굴, 몸에 난 상처가 다 아물면 교회에 오겠다며
걱정 말라던 토야. 자정이 넘도록 쌓인 얘기를 나누고 웃으며
헤어졌는데 그날이 토야를 본 마지막 밤이 되고 말았다.

 당신이 젤 이뻐

그녀는 몇 년 전, 2년치 밀린 월급을 안 주고 연락도 없이 사라져
버린 공장 사장님을 미워하지 않는다고 했다. 그분이 분명
어려워서 그랬을 거라며….
딸이 대학 졸업할 때까지만 부지런히 일하고 몽골로 가겠다던
토야. 공장에서 주는 점심시간은 15분, 집에 오면 늘 자정이 다
되어가고, 일감이 많은 날은 48시간 미싱을 돌린 적도 있다고
했다. 교회에서 크리스마스 선물을 줄 때도, 설날에 쌀을 나눠줄
때도 더 어려운 사람들에게 주라며 끝내 빈손으로 돌아가던 토야.
"다음 기회에 도와야지. 나중에 찾아가 봐야지. 여유가 좀
생기면…. 오늘은 너무 피곤하니까…."
겉으로는 내색하지 않았지만 몽골인들 돌아보며 종종 들었던
내 속마음이다. 지금 찾아가지 않으면, 지금 사랑하지 않으면
어쩌면 내일은 사랑할 기회가 없을지도 모른다는 생각이 들었다.
사랑은 미루지 않는 것임을, 지금이 사랑해야 할 때임을,
토야의 안타까운 소식을 접하며 부끄러운 내 마음을 돌아본다.

 당신이 젤 이뻐

시어머니가 좋아서
시금치도 좋아

벨소리에 현관문을 열었더니 택배입니다.
올여름 땡볕 속에서 어머닌 밭을 가꾸고 가라지를 뽑으며
아들 여섯 집에 농작물을 보내려고
진액 같은 땀을 흘리셨겠죠.

비밀번호

"이슬아, 생일 축하해.
언제 우리 집에 한번 놀러와.
우리 집 전화번호와 비밀번호야…."

이슬이의 단짝 친구
호수가 적어준
생일카드 내용입니다.
줄도 안 맞고 글씨 모양도
그리 예쁘진 않았지만
연필로 꾹꾹 눌러가며
전화번호와 현관문 비밀번호까지
친절하게 적어준 호수는
아마도 이슬이처럼

앞니 두 개가 쏙 빠진
사랑스러운 아이일 것입니다.

요즘은 어떤 문도
열쇠나 비밀번호 없이는
통과할 수 없는 세상인데
투명한 아이들의 마음엔
열쇠도 비밀번호도
필요치 않다는 걸 알았습니다.

평생을 대문 활짝 열어두고
열쇠 없이 살아오신 시어머니가
일 년치 농사를 수확해
집에 찾아둔 돈을 고스란히
도둑맞고 생병이 나셨습니다.
쇠때를 채워야겠다고
다짐하듯 말씀하시는
어머니의 음성을
수화기로 전해 들으며
마음이 쓸쓸했는데
오늘 호수가 보내온 생일카드는
건조해진 제 맘 한가운데로
맑은 물이 들어오는
기쁨을 주고 있습니다.

이슬이가 받아온

즐거운 반 친구들의

생일카드를 다시 읽으며

그동안 잠금장치를 해두었던

제 마음속 비밀번호를

가만히 해제해봅니다.

경북 예천은 남편의 고향이다. 처음 시어머니를 뵈러 가던 날,

나는 소풍 가는 아이처럼 들뜬 기분이었다. 어릴 적

가보았던 외갓집의 훈훈한 시골 풍경이 떠올랐기 때문이다.

널찍한 마당에서 할머니가 절구를 찧고 아궁이에 불을 지펴 큰

가마솥에 밥을 지으면, 난 할머니 옆에 쪼그리고 앉아

나뭇가지가 빨갛게 타들어가는 아궁이를 구경하곤 했다.

그런 시골 추억을 가슴에 간직하고 있다는 것이 내겐

소박한 행복으로 남아 있었고, 예천 마을 어귀에 도착할

때까지 넉넉하고 푸근한 시골 정취가 그림처럼 펼쳐지고 있었다.

그러나 어머니 댁에 당도하자 마음속 그림은 온데간데없이

사라지고 말았다. 달랑 허름한 집 한 채 기역 자로 서 있는 게

전부였다. 된바람 몇 번 불면 넘어갈 듯한 흙담집이었다.

황토벽에 시멘트를 덧입혔지만 그나마도 다 벗겨져 노란 속내를
드러내고 있었다. 아들 여섯이 서울로 가기 전에 썼다는 건넌방은
창고로 쓰고 계셨고, 홀로 누우시는 안방엔 오단 서랍장과
이불 두 채가 전부였다. 어머니 집엔 자물쇠가 없었다.
노끈으로 엮어 만든 문고리 하나!
그나마도 강 건너 마을로 품앗이 해주러 가실 때나 장터에 나가실
때만 살짝 걸어두고 나가신다고 하셨다. 그런 어머니 집에
좀도둑이 든 것이다. 어머닌 그곳에서만 30년간 잔뼈가 굵은
분이다. 한 번도 이런 일이 없었다고 하시며 며칠 동안 밥도
제대로 못 드신 채로 속을 삭이고 계셨다.
돈을 한곳에 다발로 둔 것도 아니었다. 혹시나 하는 마음에
여기저기 나눠 넣어둔 돈을 나쁜 도둑놈이 모두 다 찾아갔다고
한다. 어머닌 아는 사람 소행이라고 하셨다. 동네에는
외부 사람들도 잘 안 들어오고 수십 년을 가족처럼 지내온
이웃들은 다 뻔한데, 심증이 가는 인물이 있지만 물증이 없고
눈으로 확인 못했으니 어쩌겠느냐며 속상해하셨다.
다음 날, 나는 어머니 통장으로 얼마간의 돈을 송금해드렸다.
일 년치 농사지은 몫을 만회할 금액은 아니었지만
어머니께 조금이나마 보탬이 되어드리고 싶은 며느리의 마음을
전해드렸다. 어머니가 그 허름한 흙담집에 쇠때를 채운들
누가 못 들어갈까.

털겠다고 마음만 먹으면 누구라도 쉽게 들어갈 집. 그러나
적어도 우리 어머니가 아궁이에 군불 때고 고단한 몸 누이시는
그 소박한 마을은 쇠때가 필요 없고 비밀번호도 필요 없는
마을로 남았으면 좋겠다는 생각을 해본다.

비밀번호의 의미를 제대로 모르고 친구에게 서슴없이 알려주는
아이들의 순수한 마음, 사람이 두려워서가 아니라 혹시나
바람에 문 열릴까 싶어 노끈으로 고리 만들어 허술하게 걸어두고
사는 시골 분들의 소박한 마음, 그 마음이 지켜지는 세상,
나는 그런 세상에서 살고 싶다.
내가 나이에 맞지 않고 시대에 맞지 않는, 세상을 겉도는
철없는 꿈을 꾸고 있는 걸까?
아참, 이슬이가 단짝 친구 호수와 비밀번호를 나누던 때는
일곱 살이었는데 지금은 열한 살이 됐다. 얼마 전 외출하고 돌아와
현관문 앞에 서서 이슬이가 비밀번호를 누르는데 그 손놀림이
어찌나 빠른지 보이지가 않았다.
"이슬아, 너 진짜 빠르다. 어쩜 그렇게 빨리 누를 수가 있어?"
"엄마, 천천히 누르다가 혹시 우리 집 비밀번호를 누가 보기라도
하면 어떡해."
다 컸구나 싶었다. 비밀번호의 의미를 제대로 알고 있었다.
이슬이 친구 호수도 이젠 자기 집 비밀번호를 아무에게나

알려주지 않겠지?

아…. 우리는 왜 이렇게 문을 꼭꼭 잠가놓고 비밀번호를
빠르게 누르며 살아야 하는 걸까? 집안에 무슨 보물을 그렇게
쌓아두고 산다고.

우표를 붙이세요

오랜만에 편지를 부치러 우체국을 찾았습니다.
일반 우표 값이 250원이라는 직원의 말에
새삼 놀라며 우표를 사서 붙였습니다.
인터넷을 모르시는 시어머니께
더러 편지를 드리곤 했는데
우표 값이 이렇게 오르도록
어머닐 잊고 지낸 겁니다.
그저 편한 것에만 익숙해져버린
제 자신이 부끄러워집니다.

세월이 빠르게 변해가도
간직해두어야 할 것이 있는데
저는 마치 어제 읽은 신문을
재활용함에 집어넣듯
소중한 것을 기억 뒤로 던져 넣고 있었습니다.

안부는 전화로, 용돈은 계좌이체로,
매번 그 안에 담아야 할
감사와 사랑의 마음은 어느새
형식과 체면의 이름으로 변해 있었습니다.

드라마의 한 장면처럼 머릿속에
두 그림이 대조되어 지나갑니다.
컴퓨터 앞에 앉아 세월을 잊은 며느리와
웃풍 센 허름한 시골집에서
초저녁 단잠도 놓치고
자식들 생각하시는 어머니의 모습입니다.
어머니도 사랑받을 줄 아는데
어머니도 그리움을 아시는 분인데
어머니도 홀로 누운 소외감이
겨울 추위보다 더 시리다는 걸 아시는 분인데
굵어진 손마디처럼
감성도 다 굳어버린 것은 아닐 텐데.

구정 때 먹으라고
택배로 보내오신 떡국을
가족들 앞에 점심으로 끓여내며

하얗게 올라오는 수증기에
저는 또 부끄러운 눈물을 감추고 있습니다.

우편번호부 책갈피 사이엔
예전에 사둔 우표가
아직 수십 장이나 있습니다.
그때의 결심만큼은 아니어도
한 장의 우표라도 다시 붙여
어머니께 그간 부족했던 마음을 담아
보내드려야겠습니다.

아마도 어머닌
우표가 170원 하던 그 시절처럼
서둘러 돋보기 꺼내 쓰시고
굳은 손을 몇 번씩 주물러가며
더 간절한 답장을 보내오실 겁니다.

책갈피에서 잠자던 작은 한 장의 우표에
사랑을 전해주는 큰 힘이 담겨 있네요.
오늘은 여러분도 우표를 붙이세요.

첫아이 이삭이가 아장아장 걸을 무렵, 우리 가족은 강원도
홍천에서 약 3년간 시골생활을 했다. 소나무가 많아 '솔무치'라
불리던 마을. 솔무치에는 일주일에 한 번씩 우체부 아저씨가
오토바이를 타고 오셨는데, 그때 난 어머니께 여러 통의 편지를
받았다. 아래는 어머니께 받은 두 통의 편지글이다.

이삭 어미에게
세상이 힘난해도 봄의 향기를 던져주었겠지.
너희들 얼굴을 보지 못하고 편지를 쓰게 되는구나.
너희 내외 덕분에 엄마는 잘 지내고 있다.
이삭 어미, 돈 없이 고생이 많지. 언젠가 앞날에
좋은 영광이 있겠지.
나는 모든 것에 있어 부모의 의무를 다하지 못하니
미안하고 너희들 도와주지 못하니 안타까울 뿐….
너희들이 이해해주기를 바란다.
엄마의 바람은 너희가 건강하고 안락한 가정 이루어 살고
항상 서로를 이해하며 잘 사는 것이다.
내가 부모 노릇 못하는 것이 항상 가슴 아프고
내 자신이 원망스럽기도 하지만, 너희들 건강하고 행복하다면
더 바랄 것이 없다.

이삭이와 너희 내외 건강을 빈다. 엄마는 이제 글씨도

제대로 안되는구나.

많지 않지만 이삭이 먹고 싶은 것 사주어라.

항상 건강하고 행복한 가정 이루기를 부탁한다.

할 말은 많으나 이만 줄인다.

너희의 건강과 행복을 빌며.

2000년 5월 12일 엄마가

이삭 어미 받아보아라.

유수 세월은 빠르기도 하구나.

벌써 산천초목은 푸른빛을 그리며 온갖 만물이 소생하는

계절이다. 항상 보고 싶고… 하지만 보지 못하니

나의 가슴만 아플 뿐이다.

너희들 생각하면 목이 메는구나.

고생 끝에 영화가 있겠지만 현재는 얼마나 고생이 되겠니.

부모 못 만난 탓으로 남과 같이 배우지도 못하고

내가 오매불망 죄를 짓고 사는구나.

모든 것 생각할 때 도와주지 못하니 가슴이 찢어지는 것만 같고

말로는 표현을 못하겠구나. 고생을 영광으로 생각하고

너희들 몸 건강한 모습으로 지내길 기원한다.

엄마 걱정은 조금도 말고 이삭이 개 있는 데

안 가도록 부탁한다.

못 쓰는 글이나마 너에게 전하고 이다음에 소식 줄게.
할 말은 청산솔잎도 부족하지만 이만 줄인다.

2000년 6월 9일 엄마가

어머니가 쓰신 글을 그대로 옮겼다. 우리 어머니의 모습은 잘
써 내려온 이 편지글과는 좀처럼 어울리지 않는다.
닳고 닳은 굵은 손마디와 햇볕에 그을리고 주름으로 다 덮인
어머니의 얼굴…. 거기다 어두워진 시력에 글씨나 제대로
읽으실 수 있을까 싶었다. 그런데 어머니가 당신의 마음을
편지에 담아 보내오신 것이다. 나는 편지를 읽으면서
어머니 가슴에도 꽃피는 봄이 있고, 자식들 향한 사랑이
누구보다 뜨거운 분이라는 걸 알게 됐다. 가진 것 있으면
다 퍼주고 싶은, 그러나 당신의 마음만큼 줄 수 없는 궁색한
형편이 속에서 안타까운 눈물로 흐르고 있다는 것도 알게 됐다.

"야야, 에미야, 계좌번호 좀 불러봐라."
"어머니, 저희 괜찮아요. 걱정 마세요."
그렇게 통화한 후 며칠이 지나고 어머니가 보내신 편지였다.
편지봉투 안에는 소액환 십만 원이 함께 들어 있었다. 끝내
계좌번호를 알려드리지 않자 궁리 끝에 생각해내신 방법이었던
것이다. 그걸 받아들고 나는 그만 고추밭에 주저앉아 울고 말았다.

편지를 받은지도 그새 십 년 세월이 흘렀다. 지난 일기장을

펼쳐서 어머니의 편지를 찾아낸 오늘,

다시 그날처럼 눈시울이 뜨거워진다.

어머니와 택배

작년 이맘때쯤 마로니에 공원에 앉아
어머니를 글에 담았다가 상을 탔습니다.
상금도 적잖이 탔습니다.

십 년이라는 짧은 시간
시어머니의 삶을 곁다리로 보아온 며느리가
칠십여 평생 어머니의 삶을 몇 줄 글로 적었더니
심사위원들은 저와 어머니를 외면치 않았습니다.
인생 이야기가 한 페이지 수필처럼
몇 분 만에 적어내릴 수 있는 것이 아니기에
어머니의 삶을 잘 표현했다는 박수를 받으면서도
저는 자꾸 부끄럽고 송구한 맘이 들었습니다.

벨소리에 현관문을 열었더니 택배입니다. 
올여름이 얼마나 더웠는지 세상이 다 아는데

그 땡볕 속에서
어머닌 밭을 가꾸고 가라지를 뽑으며
아들 여섯 집에 농작물을 보내려고
진액 같은 땀을 흘리셨겠죠.

매번 부담하는 택배비를 합치면
그 고생 않고도 서울서 다 사먹을 수 있는데….
마음속으론 어느 쪽이 더 이익인가를
쉽게 헤아려 답을 찾아내지만
어머니의 사랑은
제 짧은 계산속에 넣을 수가 없습니다.

홍화씨, 마늘, 무말랭이, 깻잎김치와 고들빼기….
한동안 저희 집 냉장고는 풍성할 겁니다.
십 년을 한결같게 제 서툰 상차림에
늘 격려로 답해준 남편은
이제 그리운 어머니의 음식에서
한동안 고향을 맛보며
아마 자기 양보다 수북하게
밥을 더 먹을 겁니다.

 시어머니가 좋아서 시금치도 좋아

윤기 마른 어머니의 손마디가
반찬을 꺼내는 제 하얀 손 위로
겹쳐져 보이고
참기름 병을 여는 순간
다함없는 어머니의 자식 사랑이 진동합니다.

어머니!
예나 지금이나
어머니의 이름은 사랑입니다.

그 흔하다는 딸 하나 없이 시어머닌 아들만 줄줄이 여섯을
낳으셨다. 해마다 농사지으면 아들 여섯 집에 이것저것 싸
보내시느라 어머니의 가을은 늘 분주하다.
아니, 어머니의 사계절은 항상 분주하다.
"어머닌 언제 일어나세요?"
언젠가 어머니와 전화통화를 하다가 드린 질문이었다.
"해 뜨면 일어나지."
"그럼, 밤엔 몇 시에 주무세요?"
"몇 시는 무슨… 해 지면 자는 게지."

어머니와 통화하며 나는 또 한참을 웃었다. 어머니의 시계는
해시계다. 동이 트면 일어나 밭에 나가시고 해가 기울면
하루 일을 끝내고 집으로 들어오신다. 어머니와 전화통화를
하려면 내 기준으론 꼭두새벽에 수화기를 들어야 한다.
그렇잖으면 영 통화가 어렵다. 해가 걸려 있는 시간에 부지런히
하루를 살아가시는 어머니. 허름한 흙담집에 홀로 사시며
그 힘든 농사일에 허리가 다 굽은 어머니.
요즘은 경운기에서 떨어져 생긴 허리통증으로 병원에
다니고 계신다. 서울 생활하는 아들이 여섯이나 되니 누구라도
어머니를 모실 수 있지만, 평생 땅을 일구고 살아오셔서
그런지 서울로 오시라고 하면 손사래부터 치신다. 몇 해 전엔
농한기를 틈타 우리 집에 오셔서 몇 개월을 지내셨는데
나는 그때 어머니의 인품을 더 잘 알게 됐다.
어떤 사람은 시어머니가 싫어서 시금치도 싫다고 하던데 나는 시
어머니가 좋아서 시금치가 맛있다. 아는 선배는
시어머니를 좋아 하는 내게 "한집에서 함께 살아봐라" 했는데
함께 살아보니 어머니가 더 좋아졌다. 그것도 한방에서
지내며 어머니와 정이 푹 들어버렸다. 어머니의 옛날이야기도
듣고, 내 어린 시절 이야기도 해드리고, 가끔은 아버지 흉도
보다가 어머니가 "야야, 그러지 마라" 나무라시면 깔깔거리고
웃다가 어머니도 따라 웃으시고 그러면서 친해진 것이다.

어머니는 농사 준비로 할 일이 태산이라고 하시며 다시 시골로
가셨지만 그 얼마 안 되는 시간에 나는 어머니로부터
많은 걸 배웠다. 그리고 사람은 어떤 관계가 됐든 허물없이
마음을 여는 만큼 가까워질 수 있다는 걸 깨닫게 됐다. 어머니는
시골로 내려가시며 돌아가신 친정어머니와 똑같은 말씀을 하셨다.
"야야, 아버지께 잘해라. 용돈도 넉넉히 드리고 때마다 진지
따뜻하게 해서 올리고 지나간 일들 다 헤아리지 마라. 그게 네가
복 받는 길이고 네 맘 편한 일이다. 알았나?"
어른 말씀 잘 들으면 자다가도 떡을 얻어먹는다는 속담도 있는데
살아온 세월만큼 경험으로 전하시는 어머니의 말씀에
순종해야겠다는 생각이 들었다. 우리 어머닌 밑반찬을 맛깔스럽게
잘 담그신다. 최근에도 이것저것 담가 택배로 부쳐오셨다.
내 주변엔 어머니의 밑반찬을 기다리는 사람이 여럿 있는데
몇 해 전 무말랭이를 맛있게 먹은 후배가 어머니께 드리라며
따뜻한 겨울 스웨터를 사가지고 왔다. 어머니는 그게 못내
고마우셨던지 해마다 반찬을 보낼 때면 그 친구의 이름을 잊지
않고 지목하신다. 함께 나눠 먹으라며 보내주시는 양이 이만저만
많은 게 아니다.
어머니의 마음은 도무지 계산이 안 된다. 하기야 그 헌신을
어떻게 계산에 넣을 수 있겠는가. 어머니의 사랑이 어찌 얄팍한
며느리의 계산에 속하겠는가. 오늘 점심에도 어머니가 보내주신

무말랭이를 꺼내 밥을 먹었다. 오돌오돌 씹히는 맛이
언제나 일품이다. 올해는 고춧가루가 좀 매웠는지 콧잔등에
자꾸 땀이 맺혔다. 밥을 먹다가 문득 어머니가 생각나 수화기를
들었다. 이제쯤 점심 드시러 집에 들어오셨을 것 같은데
전화를 받지 않으신다. 밥 한술 뜨시고 또 서둘러 밭에
나가셨나 보다. 시계처럼 분명하시고 언제나 부지런하신
우리 어머니…. 어머니의 해시계가 서쪽으로 기울면 다시 한 번
전화를 드려봐야겠다.

 시어머니가 좋아서 시금치도 좋아

다시 시작이야

우리 형님은 아들 여섯 있는 집에
다섯째 며느리로 들어왔습니다.
생활력이 어찌나 강한지
어려운 형편에도 검소하고 성실하게
십여 년간 살림을 꾸려
재작년엔 좋은 집을 장만했습니다.
널찍한 거실에 모여 앉은 가족들은
모두들 내 집인 양 기뻐했죠.

추석에도, 설에도, 어머니 생신에도
스무 명 넘는 가족이 모이기에
넓은 집은 여유로웠고
명절 때마다 몸이 고될 텐데도
가족들 대접하고 섬기는 일에
싫은 내색 한번 않으시는 형님이

참 미덥고 고마웠습니다.
그런데 경제가 기우는 요즘
아주버님의 사업도 기울었나 봅니다.
그리도 쓸고 닦고 가꾸던 집에서
형님은 엊그제 월세를 얻어 나오셨습니다.

무슨 말을 드릴까 고민하다
어렵사리 수화기를 들었는데
형님의 목소리는 변함없이 씩씩했습니다.
"이사한 집이 좁아서 우리 부부가 누우면 꼭 차.
신혼 같은 기분이 드네. 이제 다시 시작이야.
동서, 한번 놀러와. 맛있는 거 해줄게."

바람이 몇 차례 불고 비가 서너 번 지나더니
가시거리가 좁혀지고 모든 것이 선명합니다.
그런데 맑고 깨끗한 건 가을 풍경만이 아니네요.
삶을 향해 당당한 형님의 태도도 그렇더군요.

추석이 다가옵니다.
송편 좀 빚고 전도 좀 부쳐서
둥근 보름달 바라보며 모여 앉을 우리 가족!

 시어머니가 좋아서 시금치도 좋아

이번엔 여유 있게 앉을 널찍한 거실은 없지만
오랜만에 가까이 앉아 마음을 보듬고 싶습니다.

함께 다독이고 품어주는 마음은
모든 것을 가능케 하는
큰 힘을 실어주니까요.

하늘을 바라보는 우리에게 절망은 없습니다.
쪽방에 누워서도 삶을 향해 힘 있게 말하던
우리 형님의 "다시 시작이야"가 정답입니다.

아들 여섯 있는 집에 막내며느리가 된 나는 걱정할 게 하나도
없었다. 명절에도, 집안 행사가 있을 때도 내가 나서서
할 일이 없었으니까. 나는 그저 명절 때 밥 먹은 그릇 설거지만
몇 번 하면 그것만으로도 사랑받는 귀여운 막내며느리 자리에
들어간 것이다. 결혼하고 처음 맞이했던 추석엔 새댁이
뭘 아느냐며 일손에서 빼주시고 다음 해엔 아기 가졌으니 쉬라
하시고, 아기를 낳았더니 젖 먹이라 하시고, 그 다음엔
애가 운다며 빼주시고….

지금껏 내가 설거지를 몇 번 했나 잘 생각해보면 셀 수

있을 것도 같다. 내 위로 줄줄이 다섯이나 되는 우리 형님들.

그중에서 한 분쯤 은근히 윗동서 행세를 하는 분이 계실 법도 한데

난 한 번도 형님들과의 갈등을 겪어본 적이 없다.

명절 전에 형님들이 모여서 음식을 장만해두면 나는 명절 당일

아침에 쏙 들어간다. 입장을 바꿔놓고 생각하면 정말 얄미운

막내동서인 셈인데 형님들은 나를 향해 핀잔을 준 적이 없다.

물론 눈치를 준 적도 없다. 나만의 착각인가?

내가 너무 눈치가 없는 사람인가? 아니면 아예 포기하신 건가?

어쨌거나 명절 아침에 뒤통수 긁으며 현관문에 들어서면

형님들이 나를 향해 던지는 멘트는 가히 감동적이다.

"동서 왔네? 어서 와. 잘 지냈어?"

"어째 자네는 갈수록 예뻐지나?"

"오는 데 차 안 막혔어? 힘들었지?"

"배고프겠다. 어서 앉아. 밥 차려줄게."

정말 죄송하고 고마운 마음에 밥 먹으며 울컥했던 적도 있다.

여섯 형제 중 누구 하나 버젓하게 부자로 사는 분 없고

다 고만고만한 형편에서 빠듯하게 살림을 꾸려가면서도

만나면 위로하고 다독거리고 힘든 일은 서로 하려고

팔을 걷어붙이는 우리 형님들. 착한 아내 상, 며느리 상, 동서 상,

이런 상장이 있다면 모두 우리 형님들이 탈 것 같다.

그렇다고 여성미가 없는 건 아니다. 애교도 만점이고 기백도
만점이다. 이번 설에도 가족들 모이는 자리에 우리 부부만
함께 하지 못했다. 몽골인 연합수련회에 참석하느라 시간을
낼 수가 없었다. 설날 아침이 되자 맛있는 부침도 먹고 싶고
하얀 떡국도 생각났다. 하지만 갈 수 없는 형편에 어쩌랴 싶었다.
그런데 박기백 형님이 명절 지난 후 우리 집에 찾아오셨다.
맛있는 음식을 바리바리 싸들고서. 그것도 만들어둔 것을
가져오신 게 아니라 음식을 새로 장만해서 말이다. 물김치와
식혜까지 담아오신 걸 보고 나는 그만 입이 딱 벌어졌다.
형님이 다녀가시고 거울을 들여다보며 혼잣말을 했다.
"나는 정말 복도 많지."
친형제들한테도 그렇게 못하는데 형님은 항상 분에 넘치는
사랑을 부어주신다. 허리가 아픈 둘째 형님은 어찌 지내시는지,
휠체어에 앉아 계신 넷째 형님은 몸에 차도가 좀 있는지,
셋째 형님도 뵌 지가 진짜 오래됐는데….
갑자기 형님들이 쭉 생각나며 더욱 죄송한 맘이 든다.
명절에 못 갔으니 따로 날을 잡아서라도 찾아뵈어야겠다.
말 한마디에서 세상 살아갈 힘을 얻고,
천 냥 빚 갚는다는 속담도 있는데 형님들의

마음 씀씀이와 따뜻한 격려는 때마다 나에게 감동을 준다.

철없는 막내동서를 철들게 한다. 말로 아닌 사랑으로 말이다.

우리 가족이 어떤 위기의 상황에서도 새롭게 다시 시작할

힘을 얻는 것은 서로를 세워주고 다독여주는 사랑 때문인 것 같다.

그래서 나는 확신한다.

모든 문제의 정답은 사랑 안에 있다는 것을….

사람 사는 이야기

가족들 한자리에 모이는 명절에
서로 즐거운 소식을 전하고
행복한 대화만 오고 간다면
더 바랄 것 없겠지만
사람 살아가는 얘기가
어디 행복한 내용뿐일까
생각해봅니다.

올 설엔 가족들 중 수술하신 분,
아픈 분들이 여럿 계셔서
조용하고 단출하게 보냈습니다.
그나마도 저와 남편은
명절 연휴가 다 지나고 나서야
어머니를 찾아뵈었습니다.

이제 팔순을 바라보시는 어머니
작년보다 더 깊어진 주름이
한눈에 들어왔습니다.
동태찌개에 점심 한술 뜨시는
어머니 곁에 앉아
뭐든 맛있게 먹는 며느리답게
밥 한 그릇 먹고 돌아왔는데
그만 체하고 말았습니다.

아무래도 가족들이 아프다 보니
근심과 염려가 더 많았던 식탁,
그래도 나름 맛있게 먹었는데
단단히 체하고 만 겁니다.

어머닌 괜찮으신지 내심 걱정됩니다.
자식들 하던 일이 잘 안 풀리고
건강마저 잃고 누워 있는 모습을 보시는
그 심정이 어떠실까 가만히 헤아려보니
저의 체증이 사소하게 여겨집니다.
어머닌 어쩌면 밤마다 소화제를
드시는지도 모를 일입니다.

 시어머니가 좋아서 시금치도 좋아

어느 날,
잘 넘어가던 물이 목에 걸리고
잘 올라가던 팔이 꼼짝 않을 때
우리는 인생을 돌아보게 되나 봅니다.
거기서 겸손을 배우게 되나 봅니다.

체기를 가라앉히려 약을 먹고
등을 쓸어내리고 손가락을 따고서야
한숨 돌렸습니다.

사람 사는 이야기가
날마다 순조로울 수 없고
매번 좋은 내용일 수만은 없음을
조용히 돌아보는 저녁입니다.

잘됐으면 하는 가족들이 어려움을 겪을 때 마음이 참 답답하다.
보이는 현실을 가슴으로 다 받아들인다면 우리는 어쩌면
매일 소화제를 달고 살아야 할지도 모른다. 때로는 알아도
모르는 척해야 하고 단순하게 넘길 줄도 알아야 한다.

그것이 소화제를 먹는 것보다 지혜로운 방법이다. 인생이
항상 행복할 수만은 없기에 항상 행복한 생각을 하려고 한다. 그
러다 보면 힘든 일에 대한 태도가 달라진다. 햇빛을 받고
서 있으면 뒤로는 그림자가 드리워지는 것처럼
사람 사는 이야기에도 그림자 같은 어둡고 힘든 일이 있다고
인정하면 마음이 좀 편해진다. 즐거워야 할 명절이 무거운
짐처럼 여겨졌을 우리 가족들. 뒤늦게 도착한 나는 어머니의 깊은
한숨 앞에 말없이 앉아 있다가 어머니랑 눈이 딱 마주쳤다.
뭐라고 드릴 말씀이 없어 가만히 웃었더니 시름 가득한 표정으로
계시던 어머니 얼굴에도 가느다란 웃음이 번져났다.
"니는 만날 웃나?"
어머니 말씀에 멋쩍어서 또 싱거운 사람처럼 웃어버렸다.
"웃으니 좋네. 그래. 웃어라. 니는 만날 웃으니 복이 오는갑다."
웃는다고 달라질 것 없지만 울 수도 없는 일 아닌가.
웃으니까 정말 복이 왔다. 다름 아닌 행복이 찾아왔다.
행복은 특정한 사람에게만 오는 것이 아니라 각자가 선택하는
것이다. 내가 웃으니 어머니가 따라 웃으신 것처럼,
내가 어떤 상황에서든 행복하기로 선택하면 우리 어머니도
덩달아 행복해지지 않을까? 말이 되는지 모르겠지만
어쨌든 행복 선택!

 시어머니가 좋아서 시금치도 좋아

결혼하고 십 년째 되던 해였던가. 어머니와 본격적으로 친해진 건
술 때문이었다. 어머니는 설연휴 마지막 날 소주잔을 기울이시며
내 앞에서 처음으로 속엣말을 꺼내셨다.

"자식들 장성하면 호강할 날 오겠지" 하며 평생 흙을 일궈
뒷바라지 했는데 이제 와보니 그것도 아닌 것 같다고 하셨다.
밤마다 잠자리에 누우면 여섯 아들 걱정으로 초저녁잠도 놓친다고
술기운을 빌어 눈시울을 붉히셨다. 나는 그저 말똥말똥한 눈으로
고개만 끄덕이며 앉아 있었다.

술 마시는 사람에게는 나 같은 사람이 제일 재미없는
사람이라고 하던데….

그런데 저혈압인 내게 포도주가 좋다는 형님 얘기에 어머니가
직접 밖에 나가서서 포도주 한 병을 사들고 오신 것이다.

홀짝홀짝 단맛을 즐기는 막내며느리가 친한 술벗이라도 되는 양
어머닌 그날 종일토록 벙글벙글 웃으셨다.

우리 어머닌 진짜 내가 예쁜가 보다. 어머니의 눈빛을 보면
그렇게 쓰여 있다. 이 또한 착각일 수 있지만 어쨌거나 행복한
착각이 아닌가. 그해 설엔 두 평도 안 되는 방 안에 여섯 형제
가족이 따닥따닥 붙어 앉아 〈사랑은 언제나 오래 참고〉를
노래했다. 나중엔 이런 날도 추억이 될 거라며 서로 무릎 맞대고

앉은 모습을 사진에 담기도 했다. 간소해진 식탁 위엔 떡국 한 그릇에 김장김치가 주 메뉴였지만 모두들 어느 때보다 감사한 마음으로 맛있게 설날 떡국을 먹었다.

사람 사는 얘기가 다 이런 거겠지?

맑은 날도 있고 흐린 날도 있는 것처럼 우리 살아가는 이야기도 계절처럼 사시사철 변화를 겪으며 하루하루 성숙해 가고 더욱 맛깔스럽게 무르익어 가는 거겠지?

꽃보다 아름다운 이웃

남경애 할머니!
아버지가 지어주신 이름이라 했습니다.
그래서 할머니 허락을 받고
이제부터 '경애 할머니'라 부르기로 했습니다.

아이들 없는 나라는 미래도 없다

놀이터에 나간 아이가
세 시간을 혼자 놀다 들어왔습니다.
놀이터에 아무도 없었거든요.

거리에 아이들이 없습니다.
학교 마치고 돌아와
한참 뛰어놀아야 할 시간에
아이들은 모두 학원으로 갑니다.
새삼스런 일도 아닌데
왠지 맘이 서글퍼집니다.
골목에 아이들 없는 나라는
미래가 없다던데….

저희 집엔 일주일에 세 번
동네 아이들 몇몇이 공부하러 옵니다.

어제는 그 아이들 데리고 놀이터에 나가
다방구를 알려주었습니다.
제가 술래였는데 아이들이 잡히질 않아
여간 힘든 게 아녔습니다.
어찌나 빠르고 건강한지
아이들 웃음소리가 놀이터에 울려 퍼지자
노인정 어르신들이 동그란 눈으로 바라보셨습니다.
오래 놀진 못했습니다. 그 아이들 역시
다음 학원수업 때문에 종종종 흩어졌으니까요.

봄입니다.
드디어 목련이 꽃망울을 터뜨렸더군요.
봄소식을 전한다는 게 아이들 얘기만 했네요.

새봄,
물오른 나무처럼
풋풋하고 향긋한 봄나물처럼
온 세상에 파릇파릇한 소식들이
가득했으면 좋겠습니다.

나는 유치원 교사를 10년 정도 했다. 어린아이들을 좋아해서
유치원 교사라는 직업이 내 적성에 잘 맞았다. 그러나 엄마가 되고
나서는 좋아하던 일을 과감히 그만두었다. 처음엔 아이들을
친정엄마께 맡기고 일을 했는데 여간 힘든 게 아니었다. 늘 시간에
쫓기고 많은 일로 몸이 지치다 보니 가족들에게도 직장에서도
좋은 모습을 보여줄 수 없었다. 그래서 용단을 내렸다. 유치원
선생으로 일하는 것보다는 내 아이들을 잘 키우는 게 낫겠다 싶어
용감하게 사표를 썼다. 경제적인 형편은 어려웠지만 나는
엄마의 역할을 선택했다. 아이들 자라는 모습을 지켜보는 게
돈 버는 것보다 더 중요한 일이라 생각하고 내린 결정이었기에
후회는 없었다. 집에서 아이들과 함께 지내다 보니 직장생활
하는 동안 쫓기고 지쳤던 마음에 다시 여유가 생겼다.
그래서 아이들과 놀이터에 자주 나가 놀았다. 그러다 보니
우리 동네에 유난히 엄마 없이 길에 나와 노는 아이들이
많다는 걸 알게 됐다. 그 아이들을 우리 집으로 오게 했다.
이동도서관에서 책을 빌려와 함께 읽기도 하고 엄마들이
그토록 바라는 영어 공부도 했다. 실력은 없었지만 내가 할 수
있는 선에서 최대한 재미있게 알려주려고 노력했다.

일단은 내가 재미있어 하니까 아이들도 덩달아 신이 나는지
잘 따라와 주었다. 그러더니 집에 오는 아이들 숫자가 점점
늘어나 비좁은 집에 다 앉을 수가 없게 됐다.
생각한 끝에 두 파트로 나누어 아이들을 불렀다.
그렇게 함께 공부도 하고 책도 읽고, 밖으로 나가서 뛰어놀고,
뒷산에 올라 체력도 단련하며 2년의 시간을 보냈다.
지금 생각해보면 직장을 그만두고서 동네 선생님으로
오히려 더 바쁜 시간을 보낸 날들이었다. 어느새 중고등학생이
된 아이들, 가끔 길에서 만나면 모두 한결같이 "선생님~"하며
달려와 반갑게 인사한다. 아이들과 함께했던 날들은 세월이
가도 잊을 수가 없을 것 같다. 무심결에 책꽂이에서
지나간 일기장을 꺼내 들춰보니 아이들과 함께했던 추억이
그대로 살아난다.

지옥 탈출

올여름 더위엔 동네 아이들도 주춤했다. 불볕 같은 한낮의
열기에 그 좋아하는 뒷산에도 못 오르고 놀이터의 기구들은
저녁이 되어도 식을 줄 몰라 어느 아이도 달구어진
미끄럼틀에 감히 앉을 엄두를 못 내고 있었다. 그런데 글쎄
태풍 '메기'가 하루 사이에 여름과 가을을 감쪽같이 바꾸어놓고
갔다. 여름내 한산하던 놀이터에 자루에서 구슬 흘러나오듯

아이들이 와르르 쏟아져 나왔다. 우리 아파트 한 동엔 이백 채 넘는 가구가 살고 있으니 '와르르'라고 표현해도 무방하다.

저녁밥 먹고 치우는데 동네 아이들이 어서 나오라고 전화기에 불이 나도록 불러대서 할 수 없이 손에 든 수세미를 내려놓아야 했다. 놀이터에 나가 미끄럼틀 타는 아이들을 올려보다가 문득 바라본 하늘, 어둠 속 파란 하늘이 어찌나 아름답던지 나도 모르게 입에서 "와~" 하는 감탄사가 나왔다.

아이들과 '지옥 탈출' 게임을 했다. 살이 빠진다는 얘기에 신나게 달렸다. 아이들은 늦은 시간이 되어도 좀처럼 지칠 줄 몰랐다. 대단한 녀석들이다 싶었는데 그 이유를 나중에 알게 됐다. 아이들의 체력은 엄마, 아빠가 퇴근하는 늦은 밤, 그 그리움의 시간에 맞추어져 있었다. 다들 집에 가는데 혜주가 풀기 없는 목소리로 "우리 엄만 아직도 오려면 멀었어"라며 멋쩍게 웃었다. 널 새벽에 산에 가자고 달래서 집에 데려다 주고 돌아와 자리에 누웠는데 슬며시 눈물이 올라왔다. 혜주를 보니 갑자기 내 어린 날이 생각난 것이다. 아이들과 놀다 보면 가끔 아이처럼 눈물이 나곤 한다. 이슬이가 안자고 있었으면 분명 엄마의 눈물을 닦아주었을 텐데….

오늘 밤은 내가 엄마인지 아이인지 분간이 안 간다.

어느새 높아진 저 하늘…. 구름 사이로 보이는 작은 별들이 아주 예쁜 밤이다.

축구시합

밥상 두 개 붙여두고 한 시간 내내 동네 아이들과 신나는 게임을
했다. 영어 교재를 모두 오려 게임판을 만들었더니,
아이들은 아예 책을 통째로 먹은 듯 영어로 이야기를 술술
풀어냈다. 그 아이들과 뒷산 운동장에 올라 축구를 했다.
체력이 약해 걱정이라던 승호는 부모님의 염려가 무색할 만큼
운동장을 날아다니다시피 했다. 혜주는 아장아장 걸을 때부터
보아온 아이인데 어찌나 씩씩하고 총명하고 당찬 소녀로 컸는지
사랑스런 혜주에게 자꾸 시선이 갔다. 요즘 부쩍 몸무게가
늘었다는 병호는 뛰는 것이 부담스러운지 골키퍼를 맡겠다고
했다. 초록색 목장갑을 양손에 끼고서 자세를 약간 낮춘 채
골키퍼 폼을 잡는데 정말 한참을 웃었다.
이삭이는 축구를 하다가 동생이 칭얼대니까 이슬이를 등에 업고
뛰었다. 월드컵을 다시 보는 듯했다.
드로우인, 코너킥, 프리킥, 태클….
초등학생들이 축구 전문용어를 제대로 구사하며 개나리 꽃잎을
옐로카드로, 진달래 이파리를 레드카드로 철저한 규칙 안에서
프로처럼 달리고 또 달렸다. 오늘 승호는 피아노 학원을 빼먹고
병호는 학습지 선생님을 돌려보냈다.
아이들은 피아노보다 학습지보다 축구를 더 재미있어 했는데
학원 빼먹은 걸 알게 되면 아이들 부모님이 뭐라 하실지
내심 걱정이 된다. 어쨌거나 산에서 내려오는 길,

아파트 뒤로 저무는 저녁놀 바라보며 산새처럼 재잘대는
아이들을 보는 내 가슴엔 하늘만큼 땅만큼 행복이 가득했다.

자장면 먹은 날

드디어 오늘, 동네 아이들과 함께 중국집을 찾았다. 중국집에
가게 된 동기는 이랬다. 날마다 새까만 손톱을 물어뜯는
아이들이 몇 명 있어서 한 가지 제안을 했다.
"너희가 손톱을 길러오는 날 우리 모두가 자장면 먹으러
가는 날이야."
꼭 길러서 보여주겠다고 장담들은 했는데 쉽지가 않았던
모양이다. 봄에 얘기했는데 가을이 다 되어 손을 내밀었다.
하얗게 손톱이 자라난 아이들의 작은 손이 대견해 보였다.
손톱 깎기로 잘라낼 만큼 많이 자라진 않았지만
부모님이 야단쳐도 안 되던 아이들의 습관이 고쳐지고 있다는 데
의미가 있었다. 오랜 습관은 버리기가 쉽지 않은 법인데
아이들이 손톱을 기르기까지 얼마나 인내했는지 짐작이 갔다.
내게도 그런 인내심이 길러진다면 얼마나 좋을까 생각했다.
자장을 입에 잔뜩 묻히고 왁자지껄 떠들며 맛있게 먹는
아이들을 보니 나는 절로 배가 불렀다. 대견한 모습이 예뻐서
마음도 불렀다. 그런데 사실은 손님을 많이 데려왔다는
이유로 주인아주머니가 보너스로 한 그릇 주셔서
나도 배부르게 먹었다.

   꽃보다 아름다운 이웃

선생님의 편지

1학년 3반 학부모님께

오늘 이렇게 편지를 드리는 것은 다름이 아니라
올해도 어김없이 찾아온 스승의 날 때문입니다.
저는 아이들에게 이렇게 말했습니다.

"스승의 날이라고 뭔가 주고 싶어 하는 마음은
참 고맙지만 그렇다고 선물은 가져오지 마렴.
선물을 정말 주려면 대신 선생님에게 편지를 주거나
훗날 성공한 후에 잊지 말고 찾아와 주렴. 그게 최고다."

그러나 이렇게 말해놓고도, 학부모님께서 어떻게
생각하실까 마음속으로 조금은 걱정입니다.
뭐 정성인데 작은 것도 안 받을까,
요즘 세상에서 혼자 그래봤자 바뀌겠나,

그렇게까지 할 필요가 있겠나….

여러 가지 생각을 해봅니다.

하지만 이런 모습도 우리 아이들은 다 보고 느낍니다.

어른들의 말과 행동이 아이들의 성장에

교과서가 되니까요.

전 모자란 점 많지만, 나름대로 우리 아이들에게

늘 '당당한 모습'을 보이려고 노력합니다.

이제는 학부모님과 제가 몸으로 보여주어야 할 때입니다.

편안하게 서로를 생각하며 편지로 이야기 나누는

스승의 날이 되었으면 합니다. 더 어려우시죠?

당연한 말씀인데도 이렇게 편지를 드리는 점이

송구스럽기도 합니다.

그러나 작은 부분이 우리에겐 꼭 필요하다는 생각에

이렇게 당연한 말씀을 전하는 점 양해 부탁드립니다.

p.s. 그동안 아이들을 위해 멸치, 콩, 해바라기를

　　　보내주신, 그리고 앞으로도 보내주실

　　　부모님들께 감사인사 전합니다.

이삭이가 초등학교 1학년 때 담임선생님이 보내온 편지의
전문이다. 아이가 처음 학교생활을 시작하는 시점에 엄마로서
가장 마음 쓰이는 부분은 선생님이었다.
선생님이 어떤 분인가에 따라 친구관계나 학교생활의
재미 여부가 달려 있다고 생각하며 마음속으로 기도했는데
이삭이가 좋은 선생님을 만난 것이다. 감동적인 편지를 읽고 난 뒤
선생님 휴대폰에 문자를 넣어드렸다.
"선생님, 당장이라도 달려가 꼭 안아주고 싶네요. 사랑합니다."
답장은 이렇게 도착했다.
"힘이 팍팍 나는데요.^^"

아이가 좋은 선생님과 친구들을 만나 학교생활을 즐겁게 하는 것
같아 다행이다 싶었는데 한 가지 아쉬운 점이 있었다.
학교에서 돌아오면 아무것도 안 하는 것이었다.
선생님이 숙제를 내주시지 않으니까 아이는 날마다 책가방을
내려놓고 쏜살같이 놀이터로 달려나갔다가 어둑어둑해져서야
들어왔다. 어느 날은 이삭이에게 제법 심각한 어조로 물었다.
"이삭아, 너 이제 1학년인데 너무 노는 거 아냐? 공부는 안 해?"
내 말에 아이의 눈이 휘둥그레졌다.

아이의 말에 할 말을 잃고 한참을 웃기만 했다. 내 생각이
짧았음을 인정했다. 선생님께 정말 고마운 마음이 들었다.
고마움을 달리 표현할 길은 없었지만 선생님의 편지글처럼
나도 당당한 모습을 보여주는 엄마가 되고 싶다는 생각을 했다.
주어진 신분에 맞게, 불리는 이름에 맞게, 당당하게
살아야겠다는 생각을 했다. 행여 누구에게 보이든 그렇지 않든
부끄럽지 않게 살아야겠다고 생각했다. 아이들을 향한 선생님의
태도와 스승의 날에 앞서 보내오신 편지는 그런 도전을 주기에
충분했다. 아이들 입속에 달콤한 사탕 대신 멸치, 콩,
해바라기 씨를 넣어주고 방과 후 과제물을 '신나게 놀기'라고
내주셨던 선생님.
김수정 선생님은 아이들을 가장 귀한 선물이라 여기는 분이셨다.
올해도 어느 학교에선가 아이들 입속에 해바라기 씨를 넣어주고
계실 선생님. 해마다 5월, 스승의 날이면 김수정 선생님의 편지를
생각하며 나는 잠시 행복에 잠긴다. 그런 선생님이 있어서
오월이 더욱 푸른 것 같다.
작은 교실에서 큰 꿈을 키우는 아이들과 그 아이들을 진정으로
사랑하는 선생님이 있어서.

아름다운 비밀

시어머니께서 보내오신 현미에 벌레가 생겼습니다.
귀한 쌀을 보내주셨는데 까만 바구미가 슬금슬금
적군처럼 기어 나오기 시작한 겁니다.
쌀을 쏟아놓고 고생스레 벌레들을 가려내면서
"진작 나눠 먹을 걸 그랬나 봐" 하고
한숨 섞인 혼잣말을 해봅니다.

3층에 사는 아줌마 이야기를 하고 싶습니다.
그분도 친정에서 먹을거리를 가져오곤 하는데
언제나 이웃들에게 나누기를 즐겨합니다.
넉넉지 않은 형편인데도
기꺼이 나누는 모습을 보며
많은 생각을 하게 됐습니다.

그 집 냉장고는 언제 열어보아도

신선하고 정갈합니다.
우리 집 냉장고도 열어봅니다.
오래되어 꽁꽁 얼어붙은 음식들
수분이 날아가 말라버린 음식들
어느새 제 맘도 서서히 말라가며
얼어붙고 있음을 보게 됩니다.

쌀벌레가 생긴 것, 반성해야겠습니다.
귀할 때, 싱싱할 때 나눠야겠습니다.
아무리 신선도를 자랑하는 최신 냉장고라도
영원히 썩지 않을 냉장고는 없습니다.
세상에 나누지 못할 사람은 없다고 했는데,
누군가에게 베풀려면 갚을 길 없는 이에게 주라 했는데
그런 나눔이야말로 썩지 않는 냉장고에 넣는 것임을
저는 오늘 새까만 바구미를 골라내며 깨닫습니다.

언젠가 남편이 했던 말이 기억납니다.
"여보, 지금 당장 어렵다고 나누지 않으면
나중에 형편이 넉넉해져도 나누지 못해."
움켜쥔 손보다 편 손이 더 힘 있다는
아름다운 비밀을 남편은 진작 터득한 것 같았습니다.

이제 다시 그 비밀을 실천하며 살아야겠습니다.

작년 추석 무렵, 남편이 선물꾸러미를 들고 귀가했다.
열어보니 '한우 세트'였다. 순간 속에서 진심으로 우러나는
독백! '어머, 이 귀한 걸 어째. 얼른 냉동실에 넣어야지.'
국거리, 로스용, 불고기용으로 각각 포장된 고기를 냉동실에 채워
넣자 부자라도 된 듯 마음이 든든했다. 며칠 후
요리를 하기 위해 고기를 미리 꺼내뒀는데 시간이 가도
단단히 얼어붙은 고기가 좀처럼 녹질 않는 것이었다.
그런데 고깃덩어리를 가만히 내려다보고 있자니 꽁꽁 얼어 있는
모양이 꼭 내 마음속 같다는 생각이 드는 것이 아닌가!
얼어붙은 마음! 나누지 않는 마음! 누군가 이런 내 마음을
들여다본다면 어떨까 생각하니 너무나 부끄러워졌다.
그 자리에서 바로 반성을 하고 냉동실 고기를 모두 꺼내
이웃집에 돌렸다. 혼자 사시는 옆집 할머니, 아래층 외국인
근로자 가정, 투병 중이신 이웃집 아주머니, 딸아이의 친구
집까지…. 그렇게 나누고 돌아와 이제부턴 나중에 먹을
심산으로 음식을 냉동실에 보관하지 않으리라는 내 나름의
살림원칙을 세웠다.

그것이 나도 살고 이웃도 살고 더불어 기쁘게 살아가는
진정한 '살림'이라 생각됐다. 이번 설에도 한우를 선물 받았다.
작년 추석이 생각나 포장을 뜯자마자 얼지 않은 신선한 고기를
이웃들에게 돌렸다. 모두들 고마워하셨다.
귀한 것을 나누니 오히려 내 마음이 더 좋았다. 냉동실에
채워둔 든든함과는 전혀 다른 차원의 든든한 기쁨이 일었다.
그러고서 며칠이나 지났을까. 외출했다가 집으로 돌아오는
전철 안에서 딸이 보내온 문자를 받았다.
"엄마, 6호 할머니가 딸기를 한 팩 사주셨어. 그리고 또 누가
귤이랑 한라봉을 보내주셨어. 우리는 왜 이렇게 항상 차고 넘치는
걸까? 이건 바로 더 나누라는 뜻이겠지?"
나눌수록 풍성해지는 아름다운 비밀을 열 살 난 아이가 경험을
통해 배워가는 걸 보니 속에서 감사가 올라왔다. 냉장고는 음식을
신선하게 보관하고 더운 여름철 쉽게 상하지 않게 하는 데
그 목적이 있는데, 언제부턴가 냉장고가 사람의 욕심을 채우는 데
한몫을 하고 있다. 필요 이상으로 채우고 얼리고 나중엔
안에 든 걸 다 확인할 수도 없어 몇 년을 묵히다가 버리는 음식들.
사실 냉장고에도 어느 정도 공간이 있어야 음식의 신선도가
유지되는데, 숨 쉴 틈 없이 꽉 들어찬 냉장고는 제 몫을
못하게 되고 만다. 냉장고 내부는 집주인의 마음과 같다는

생각을 하며 오늘 다시 냉장고를 열어 살펴본다.

나도 모르게 쌓이는 건 없는지, 차마 다 먹지 못해 상해가는

음식은 없는지…. 불현듯 엄마가 평소 잔소리처럼 하시던

말씀이 생각난다.

"사람은 한 가지 일을 보면 열 일을 아는 거야."

냉장고 비우기! 당분간은 이 한 가지 일이라도 잘 실천해야겠다고

다시 다짐해 본다.

성형수술

오랜만에 밥 한 끼 먹자는
초등학교 친구의 전화를 받고
남편과 함께 나갔다 왔습니다.

6학년 때 같은 반이었던 친구, 출모!
초등학교를 졸업하고 20년이 지난 어느 날
퇴근길 버스 안에서 "너… 소영이지?"라며
한눈에 알아보고 반가워하던 친구
그렇게 친구를 만난 게 엊그제 같은데
그새 또 10년이 흘렀습니다.

아직도 만날 때마다
6학년 2반을 추억하는 친구
이젠 눈가에 주름이 보인다고
짓궂게 놀려대며 웃는 친구

그 친구를 만나고 돌아와
잠시 거울 앞에 섰는데
아닌 게 아니라
정말 웃을 때마다 퍼지는
잔주름이 눈에 띕니다.
어느새 이리 주름이 많아졌나 싶어
손으로 얼굴을 잡고 늘려보다가
혼자 웃어버렸습니다.

"나는 견적이 얼마나 나올까?" 하며
시답잖은 생각을 하다가
현재의 내 모습이
지나온 삶의 흔적이라 생각하니
주름이 그리 밉지만은 않았습니다.

성형수술 하고서
지난 앨범을 모두 태워버렸다는
한 친구가 문득 생각납니다.
만약 저도 성형수술을 했더라면
버스 안에서 20년 전 친구를
만날 수 없었겠죠?

예뻐지는 것,

누구나 바라는 일이지만

소중한 추억까지

태워버릴 수는 없는 일입니다.

굳이 태워야 할 것이 있다면

가끔씩 유행 따라 슬그머니 피어나는

제 마음속의 헛된 욕망일 것입니다.

출모는 초등학교 6학년 때 함께 신문을 돌리던 같은 반 친구였다.

멸치처럼 바짝 마른 체구에 키만 훤칠했던 그 친구와 1년 내내

열심히 신문을 돌려 중학교 등록금을 마련했다. 집안 형편이

어려워 혹시나 중학교에 진학 못하면 어쩌지 하는

마음에서였다.

초등학교 졸업 후, 한 번도 볼 수 없었던 그 친구를 우연처럼

다시 만난 건 17년이 흐른 어느 날, 퇴근길 버스 안에서였다.

출모가 먼저 나를 알아봤지만 워낙 체격이 좋아진 친구의 모습에

나는 한참동안 가물가물한 기억을 되짚어야 했다.

"야, 인마, 너 나랑 함께 신문 돌렸잖아."

  꽃보다 아름다운 이웃

그 한마디에 어렴풋한 기억이 단번에 살아났다. 알고 보니
우리는 서로 멀지 않은 곳에 살면서도 모르고 지냈던 것이다.
그렇게 친구를 만나고서 그새 또 십여 년이 흘렀다.
출모는 한동안 내가 속해 있는 교회의 해바라기(시각장애인
모임)에 나와서 많은 일을 도와주었다. 잔심부름부터 동사무소와
구청까지 찾아다니며 장애인들이 도움을 받을 수 있도록 어려운
일들을 척척 처리해주었다. 그렇게 해결사가 되어주던 출모가 어
느 해 겨울밤인가 전화를 걸어 이런 고백을 했다.
"소영아, 있잖아. 나, 해바라기 친구들 사랑한다. 정말로
사랑한다. 근데 이거 비밀이야. 말하지 마. 정말 사랑한다면 더
잘 해줄 수 있어야 하는데, 내가 줄 수 있는 게 별로 없어서 너무
쪽팔리거든. 그러니까 비밀이야. 너만 알고 있어."
그날 밤의 감동을 잊을 수가 없다. 출모는 산을 좋아하고
술도 아주 좋아한다. 주변엔 해결사 친구들도 많고,
사람 나고 법 났다고 큰 소리치는 친구다. 출모가 작년 연말에
우리 집에 불쑥 찾아왔다. 새해인사를 하겠다고 전화를
걸어왔는데 속상한 일로 울먹거리다가 인사도 제대로 못하고
끊었더니 송년회를 하다 말고는 후배를 데리고
한걸음에 달려온 것이다. 무작정 와서는 눈이 퉁퉁 부어 있는
나를 보며 말했다.
"와~ 친구야, 너 아줌마 다 됐구나. 웃음밖에 모르는 줄

알았더니 눈물도 아네. 힘든 일 있는 거냐? 친구야,

난 네가 정말 자랑스러운데 넌 그거 아냐? 야, 저 아래 아파트

불빛 보이지? 여기서 보면 저기 사는 사람들 다 행복한 거 같지?

근데 행복한 사람 몇이나 될까? 다 힘들어. 다들 힘들지만

살아가는 거야. 내가 왜 술 마시는 줄 아냐?

음… 그냥 마시고 털어버리는 거야.

에이~ 친구야. 넌 술도 못 마시고….

대신 넌 하나님 믿잖아. 나도 나중에 천국 가면 하나님께

할 말이 좀 있다. 이래 뵈도 나는 편법 안 쓰고 살려고 해.

편법 쓰면 좀 쉽게 잘 살 수도 있지만 그건 나한테 안 맞아.

힘들어도 그냥 지킬 것 지키면서 살아. 그래서 되는 게 없기도 해.

야, 너 그거 아냐?

세상에 억세게 못된 사람이 잘 되는 경우도 참 많다.

순한 사람은 순해 터져서 만날 그렇게 살기도 하고….

그렇지만 뭐 세상에 순하기만 하고 나쁘기만 한 사람이 어디 있냐.

다 살다 보면 그럴 수도 있는 거지. 오늘은 힘들지만 내일 날

밝으면 우린 또 할 일이 있어. 자기 몫의 할 일이 있지.

그거 해야 된다. 힘들어도 해야 돼. 근데 힘들지. 진짜 힘들지….

그렇지만 내년엔 다 잘 될 거야! 근데 너 정말 한마디도

안 할 거냐? 그래. 알았다. 난 이제 간다. 들어가라.

밖에서 울면 추워서 눈물 언다. 파트라슈~ 파트라슈~."

 꽃보다 아름다운 이웃

내가 좋아하는 동화책 《플란다스의 개》 파트라슈 이름을
두 번 불러대더니 후배와 어깨동무 하며 흔들흔들 돌아갔다.
출모의 말은 내 귓전에 오래도록 남아 있었다.
"우리에겐 또 할 일이 있어. 자기 몫의 할 일! 힘들지?
그렇지만 내년엔 다 잘 될 거야."
어떤 때는 사는 게 드라마 같다. 굳이 드라마에 매달려 저녁시간
까먹지 않아도 나는 매일 내 주변에서 드라마를 본다.
출모를 보면 더욱 그렇다. 하루에도 몇 번씩 홍길동처럼
나타났다 사라지고, 도무지 종잡을 수 없는 친구지만
그는 변함없는 내 어릴 적 친구다. 개도 가난해서 신문을 돌린 줄
알았더니 사실은 내가 불쌍해 보여서 같이 돌려준 거라 했다.
자기 마음속 첫사랑이었다나 뭐라나. 그땐 전혀 내색을
안 해서 몰랐다. 좋아했어도 어쩌랴. 다 어릴 때 한번씩 그런
짝사랑 경험을 해보는 거 아닌가.
초등학교 친구들을 생각하니 그 시절이 그리워진다.
우리 아이들이 지금 다니는 학교는 내가 어릴 적에 다녔던 학교다.
이삭, 이슬이는 내 아들딸이기도 하지만 내 초등학교 후배인
셈이다. 가끔 아이들 학교에 가서 운동장에 가만히 서 있으면
어디선가 내 친구들이 달려 나올 것만 같은 착각에 빠지기도 한다.
성형수술로 얼굴이 달라졌을지라도 그 시절 친구들을 다
만나보고 싶다. 호랑이 선생님으로 유명했던 우리 6학년 2반

김병기 선생님도 그립다. 지금 만나 뵐 수 있다면 그때처럼

안 무서워하고 선생님께 먼저 다가가 두 손을 꼭 잡아드릴 텐데….

타임머신이 실제로 있다면 얼마나 재미있을까?

보고 싶은 사람들 다시 다 만나보고, 추운 날 꽁꽁 언 손으로

돌리던 무거운 신문도 출모에게 다 얹어주면서

"너 나 좋아하니까 네가 다 돌려. 알았지?" 할 텐데….

아, 오늘 내 상상의 나래는 끝이 없다. 상상은 자유니까 뭐….

자, 그렇다면 이젠 또 어느 시절로 날아가 볼까?

내가 그의 이름을

작년 말, 이사 오신 옆집 할머니!
좀처럼 현관문을 열지 않던 할머니가
며칠 전 지팡이를 짚고 복도를 거닐며
운동을 하고 계셨습니다.

그날 제대로 인사를 드린 이후
할머니와 친해졌습니다.
수박도 함께 쪼개 먹고
반찬을 만들면 조금씩 나눠 먹고

마침 오늘은 아파트 장날이라
할머니와 함께 장에 나가
마늘과 오이를 샀습니다.
보행 보조차를 밀며
5분 거리를 30분 만에 다녀왔지만

오이장아찌 담그는 방법을
차근차근 배운 시간이었습니다.

"아현동 살 땐
사회복지과에서 잘 해줬는데
이 동네는 거기 같지 않아."
살던 동네를 못 잊으시고
우리 동네에 좀처럼
정을 못 붙이시는 것 같아
오후엔 사회복지과 직원을 찾아
이런저런 부탁을 드려뒀습니다.
그 과정에서 할머니 성함을 알았는데
참 예쁜 이름이었습니다.

남경애 할머니!
아버지가 지어주신 이름이라 했습니다.
그래서 할머니 허락을 받고
이제부터 '경애 할머니'라 부르기로 했습니다.

예원 엄마 정옥이,
윤아 엄마 윤자,

지현 엄마 점이,
동네에서 친하게 지내는 아이 엄마들도
이름을 불러주면 더 좋아했기에
할머니께도 그렇게 용기를 내봤습니다.

팔순의 연세에
마른 나뭇잎처럼 야윈 할머니
큰 소리로 이름을 불러드리자
꽃잎처럼 환하게 웃으셨습니다.

가족 잃고 혼자되신 이후로는
불리지 않았을 이름,
병원이나 동사무소에서 가끔 불렸을 이름,
그 예쁜 이름을 자주 불러 드려야겠습니다.

문득 김춘수 시인의
〈꽃〉이라는 시가 생각납니다.
"내가 그의 이름을 불러주었을 때
그는 나에게로 와서 꽃이 되었다."

그런데요. 가만히 생각해보니

그분들이 정작 제 이름은 안 불러주네요.
이삭 엄마, 이슬 엄마로밖에는….
소박한 꽃이라는 뜻이 담긴
'소영'이라는 예쁜 이름이 있는데 말입니다.

내 이름은 아버지가 지어주셨는데 마음에 든다. 내 주변엔
소영이라는 이름이 참 많았다. 재미있게도 고등학교 3년 내내
짝꿍 이름도 소영이었다. 같은 이름이 많다는 건 그만큼 예뻐서
그런 거라고 생각했다. 내가 만난 소영이들은 다들
착하고, 공부도 잘하고, 예쁘장했다. 지금 와서 생각해보면
그 친구들은 이름에 '빛날 소(昭)'를 쓰지 않았나 싶다.
그러니까 그렇게 얼굴에서 빛이 나고 예뻤던 게 아닐까?
나는 '소박할 소(素)'자를 쓴다.
정말 이름처럼 소박했다. 집안도 소박하고, 얼굴도 소박하고,
학교 성적도 소박했다. 좋게 말해서 소박했다는 것이지
사실은 집안 형편도 어려웠고, 내 외모를 보고 남학생이 따라온
적도 없었고, 학교 성적은 비포장도로처럼 들쑥날쑥했다.
그 대신 국어와 영어, 외국어를 좋아해서 그 과목은 성적이
좋았다. 그래서 시험기간이면 자신 있는 과목을 재빨리 풀어

친구들에게 컨닝페이퍼를 돌리곤 했다. 의리 있게 말이다.
왜 그랬는지 그땐 그게 의리라고 생각했다. 아마 그렇게라도 뭔가
베푸는 사람이고 싶었나 보다. 다른 건 너무 소박했기에.
소박했지만 그런대로 선생님들과 친구들에게 인기가 있었다.

세월이 흘러 어느덧 중년 아줌마가 된 요즘도 나는
이름처럼 산다. 학창 시절 친했던 친구들은 지금쯤 어디서 어떻게
살고 있는지 모르지만 나는 이웃들과 어울려 고만고만하게
소박하게 지낸다. 내가 이름을 불러드리는 옆집 경애 할머니,
요즘 날씨가 무진장 추운데 보일러도 안 돌리고 차디찬 냉방에
매트 하나 깔고 지내시는 할머니가 걱정스러워 아침저녁으로
한번씩 벨을 눌러본다. 힘든 시대를 살아온 분이라 아끼는 습관이
몸에 밴 게 이해는 되지만 언젠가 뉴스에서 보도됐던
슬픈 기사가 생각나 겁도 난다.
한겨울에 집안에서 동사한 어느 할아버지 집 장판 밑에 돈이
아주 많았다는 안타까운 뉴스를 본 이후 남편도 할머니가
걱정되는지 자주 들르라고 한다.
동사무소에서 도우미 아주머니가 일주일에 한 번씩 반찬도
만들어 오고 긴급상황을 대비한 벨도 달아드렸지만
그래도 사람 사는 재미는 서로 돌아보고 알콩달콩 사는 얘기도

나누는 데 있는 거니까. 할머니는 요즘 한글 공부를 하신다.
며칠 전에 잠깐 들어가 봤더니 한글공부 교재를 펼쳐놓고
썼다 지우기를 반복하고 계셨다. 그 모습이 재밌어서 한번
읽어보시라고 했다.
"가지, 나비, 도라지, 나지오(라디오), 거무(거미)….."
"할머니, 지금 글씨 보고 읽으시는 거예요?"
"그럼, 나도 읽을 줄 알아. 노인대학에서 배웠다니까~"
글씨 옆에 있는 그림을 보고 읽으며 무척이나 의기양양한
표정이셨다.
"할머니, 공부하시다 모르는 거 있으면 말씀하세요."
할머니는 모르는 게 없는지 아직 한 번도 질문을 안 하셨다.
그 대신 도시가스 검침기를 읽는 일이나 간혹 글씨를 쓸 일이
있으면 우리 집 벨을 눌러 도움을 청하신다. 그러면서
늘 고맙다는 말씀을 잊지 않으신다. 아마도 당신은 항상
도움을 받는 입장이라고 생각하시는 것 같다.
사실 내가 더 많은 도움을 받고 사는데….
할머니 어깨너머로 고추장 담그는 걸 보았고, 장아찌 담는
방법도 배웠으니까. 물론 아직까지 제대로 시도해본 적은 없지만
말이다. 어쨌거나 아버지가 지어주신 이름 덕분인지 몰라도
이웃들과 더불어 살아가는 이 풋풋하고 소박한 삶이 나는
마음에 든다.

 꽃 보 다 아 름 다 운   이 웃

만리만리

우리 동네 자장면 집 이름은
만리장성입니다.
우리는 가끔 그 집에서
자장면을 배달해 먹곤 합니다.

아이들은 만리장성에서 배달하시는
아저씨를 '만리만리'라고 부릅니다.
아저씨의 오토바이가 지나갈 때면
온 동네 아이들이
'만리만리~'를 외치며 따라갑니다.

그러면 씽씽 달리던 오토바이가
급정거를 하며 멈춰 섭니다.
당장 배달이 급할 텐데
만리만리 아저씨는 한 번도

아이들을 그냥 지나치지 않습니다.
아저씨가 멈춰 서면
순식간에 아이들이 모여들고
아저씨는 주머니에서
온갖 종류의 선물을 다 꺼냅니다.
아저씨 주머니엔
최근 유행하는 장난감이
거의 다 들어 있습니다.
마치 요술주머니 같습니다.
아이들은 갖고 싶은 장난감을
하나씩 얻고 나서야
아저씨를 보내드립니다.

아무 데서나 볼 수 없는 풍경입니다.
십 년 넘게 보아온 만리만리 아저씨
자장면 배달해서 받은 월급을
동네 아이들에게 다 푸는 건 아닌지
가끔 걱정도 됩니다.

아저씨는 오늘도 부릉부릉
오토바이를 몰며 배달합니다.

  꽃보다 아름다운 이웃

자장면과 사랑을 배달합니다.

언젠가 이삭이가 자장면이 먹고 싶다 해서 배달을 시켰다.
'띵동' 벨소리가 울리자 기다렸다는 듯 현관 앞으로 달려 나가
문을 연 아이.
"앗, 만리만리! 새해 복 많이 받으세요!"
이삭이는 자장면을 꺼내는 아저씨 앞에 큰절을 하며
새해인사를 드렸다.
"이삭아, 아저씨께 만리만리가 뭐니? 그리고 현관에서
그게 뭐야."
뒤에서 지켜보던 나는 무안한 마음에 아이를 나무랐다.
그런데 아저씨는 이삭이에게 받은 새해인사에 기분이 좋았는지
갑자기 주머니를 뒤적거리더니 오천 원짜리 지폐를 꺼내
아이에게 건넸다.
"고마워. 이삭이도 새해 복 많이 받아. 그리고 이건 세뱃돈!"
"어머, 아저씨, 세뱃돈은 무슨… 아니에요…."
내 말이 끝나기도 전에 아저씨는 쑥스러운 듯 현관문을 닫고
가버리셨다. 삼천 원짜리 자장면을 배달하고 오천 원을
세뱃돈으로 주고 가신 것이다.

참 재미있는 분이라고 생각했다. 만리만리 아저씨는 수염이
덥수룩한 털보 아저씨다. 사실 아저씨라 부르지만 그분은 아직
총각이다. 아이들에게는 환한 미소로 대하지만 어른들을 만나면
쑥스러워 눈도 잘 못 맞추는 노총각, 만리만리 아저씨.
어느 날 배달을 가는 아저씨를 길에서 얼핏 봤는데 덥수룩한
수염이 없어져서 하마터면 몰라볼 뻔했다.
나는 집으로 돌아와 아이들에게 물어봤다.
"너희들 만리만리 아저씨 봤니? 수염 깎으니까 진짜 훤하더라."
이슬이가 대답했다.
"만리장성 주인아줌마가 수염 깎으면 장가갈 수 있다고 해서
깎았대."
그게 한참 전의 일인데 아저씨는 다시 덥수룩한 모습으로
배달을 다니신다. 그 모습이 익숙해서인지 깎은 모습보다는
덥수룩한 모습이 왠지 더 친근하고 보기에 편하다는 생각이 든다.
아저씨는 요즘 오토바이 배달 박스에 작은 칠판을 달고
다니신다. 씽씽 달리다가 아이들이 부르면 멈춰 서서 주머니에서
각종 색깔 펜을 꺼내 아이들 손에 들려준다. 그러면 아이들은
작은 칠판에 그림을 그리며 즐거워하고 그 사이 아저씨는 담배
한 대를 꺼내 피우며 잠시 휴식을 취한다. 아이들을 바라보는 그
표정이 더없이 행복해 보인다.
사실 난 만리만리 아저씨를 의심했던 적이 있다.

"모르는 사람이 주는 것 받지 마라."
"불러도 대답하지 마라."
"친절한 사람일수록 가까이 가지 마라."

세상이 하도 무서워 엄마로서 그럴 수밖에 없었다.
십 년을 넘게 만리만리 아저씨를 봐왔으면서 아이들처럼 곁에
다가가 친근하게 말을 건네본 적이 없다. 그냥 엷은 미소와 목례만
살짝 건넸을 뿐 그 이상 가까이 간 적이 없다. 요즘은 생각이
많아진다. 세상에 참 좋은 사람들도 많은데 가슴 아픈 뉴스를
접하면서 사람들의 마음이 점점 굳어져가는 게 안타깝다.
서로 믿지 못하고 경계심부터 갖게 되는 게 못내 슬프다.
믿을 수 없는 세상, 무서운 세상이라고 외치는 이 땅에서
아이들에게 어떻게 믿음과 사랑을 가르쳐야 할지 고민도 된다.
그러나 흉흉한 뉴스에 때로 가슴이 무너지고 때로 절망스럽긴
해도, 우리가 더불어 살아갈 수 있음은 주변에 여전히
따뜻한 마음을 나누는 이들이 많은 까닭이라고
생각해본다. 만리만리 아저씨! 아이들을 그토록 좋아하는데
아저씨도 장가가서 가정을 꾸리고 아이들을 낳아 키운다면
얼마나 행복하실까? 동네 아이들을 사랑하는 그 마음이
하도 고마워서 오늘은 나 혼자 아저씨 장가가는 상상을 해본다.

참 듣기 좋은 말 "고마워요"

"고마워요.
힘이 돼줘서…."

들고 보니
참 듣기 좋은 말입니다.

누군가에게
힘을 실어줄 수 있다는 것은
얼마나 가슴 벅찬 일인지요.

그리고
"고마워요"라는 말을 들을 수 있음도
얼마나 가슴 뭉클한 일인지요.

온 세상 가득해도

싫증나지 않을 말
고마워요.

고마워요.

나는 언제부턴가 옆집 아줌마와 친해졌다. 함께 시장도 보고,
김치도 담고, 나물도 다듬고, 큰 양푼에 밥도 비며 먹으며
우린 거의 한 식구가 됐다. 허물없이 양쪽 집을 들락날락 하며
산다. 언젠가는 저녁밥 먹고 나서 아줌마가 우리 집 벨을 눌렀다.
대뜸 노래방엘 가자고 현관문 앞에서 재촉하시는 거였다.
가끔 한번씩 가서 노래하고 오면 스트레스가 확 풀린다며….
나는 남편에게 사정사정 해서 아이들을 맡기고 아줌마를
따라나섰다. 아줌마 아들까지 합세해서 우리 셋은
동네 노래방으로 갔다. 노래방 주인은 아줌마를 보자 음료수를
서비스로 주면서 부르고 싶은 만큼 부르다 가시라고 했다.
아줌마가 얼마나 자주 가시는지 알 만했다.
그날 밤 우리는 스트레스를 제법 풀었다. 나는 모든 가요를
성가처럼 불렀고, 아줌마는 음정 박자가 처음과 끝이 같았고,
그나마 아줌마 아들은 제법 폼 나게 노래를 잘했던 걸로 기억한다.
아줌마는 심심한 걸 못 참으신다. 그래서인지 집에 있기보다는

밖으로 자주 나가신다. 오토바이를 타고 친구 집에 놀러가기도
하시고 근교로 나가 나물을 뜯어 오시기도 한다.

올봄엔 나도 아줌마 따라서 오토바이를 타고 근 한 시간을
달려 한적한 시골에 가서 쑥과 냉이를 캤다. 나물을 캐는데 근처
주유소에서 쿵작쿵작 트로트가 나오자 아줌마는 어깨를
덩실거리며 좋아하셨다. 햇볕도 좋고 바람도 좋은데 거기다
서비스로 음악까지 나와 주니 금상첨화가 아니냐며 신나하셨다.
아줌마는 여장부다. 트럭 운전도 잘하시고 오토바이는 자가용처럼
몰고 다니신다. 나는 겁이 나서 아줌마 허리춤 꽉 잡고
뒷좌석에 탔는데 어찌나 긴장했던지 그날 밤 온몸의 근육이
다 뭉쳐 고생을 좀 했다. 그런데 그렇게 친하게 지내던
아줌마가 요즘 아프시다. 별거 아니라며 웃으시는데 그 웃음이
허허로웠다. 아줌마가 아프시자 놀란 가슴에 아줌마 아들도
덩달아 아프다고 했다. 그간 씩씩하던 우리 아줌마.
아들 이야기를 하실 땐 기어이 눈물을 보이셨다.

좀처럼 속 이야기를 안 하시던 아줌마랑 어느 날 저녁 먹고
가까운 산책길을 걸었는데 아줌마는 그때 자신이 살아온 인생
이야기를 몇 토막 들려주셨다. 순서에 맞게 이어붙이지 않아도
아줌마 이야기가 그냥 이해가 됐다.

아줌마는 절에 다니신다. 그래도 밥 먹을 때 내가 기도하면
'아멘'을 따라 하신다. 언젠가 아픈 아줌마를 모시고 교회에 한번

 꽃 보 다 아 름 다 운 이 웃

갔다. 의사들은 어려울 것처럼 말했다지만 아줌마는 자신의
생명이 하늘에 달려 있음을 믿는 분이셨다.

죽음 앞에 의연한 사람은 별로 없는 것 같다. 나 같았으면
싸매고 누워서 눈물 철철 흘렸을 텐데 아줌마는 요즘도
오토바이를 타고 씩씩하게 달리신다. 우리가 앞으로 살아갈 날들,
우리 인생의 유효기간은 아무도 모른다.

살아 있는 날들에 어떻게 반응하며 살아가야 할까 나는 가끔
곰곰이 생각에 잠긴다.

문득 이삭이가 했던 말이 떠오른다.

"엄마, 살아 있는 날이 생일(生日)이지?"

한자 공부에 한참 재미를 붙이더니 제법 말이 되는 소리를 했다.
그 이야기를 들으면서 모든 날들에 살아 있는 반응을 하고 싶다는
생각이 들었다. 이웃들의 기쁨과 슬픔, 때론 그들의 말 못할
아픔도 들여다볼 줄 아는 무뎌지지 않는 마음으로 살고 싶다는
생각… 우리 아이들처럼, 우리 옆집 아줌마처럼 말이다.

아줌마가 평소에 나에게 잘 하시던 말씀.

"고마워요."

"고마워요."

오늘은 그 말을 내가 아줌마께 돌려드리고 싶다.

"아줌마, 고마워요. 오히려 제게 힘이 되어주서서요."

거꾸로 사는 재미

TV가 없는 우리 집!
시대를 거꾸로 사는 듯 보일 수도 있겠지만
말 그대로 거꾸로 살면서 우리가 얼마나 많은 재미를 보는지 모른다.
거꾸로 사는 재미!

거꾸로 사는 재미

작년 가을
남편과 상의한 끝에
텔레비전을 과감히 처분했습니다.

TV가 빠져나가자
너무나 고요해진 집안!
서로 멀뚱멀뚱 바라만 보던
서먹한 과도기를 지난 후
저희 가족은 거꾸로 살고 있습니다.

장기를 배운 이삭이가
할아버지를 여유 있게 이기고
바둑 실력도 수준급이 되어
동생까지 가르쳐주곤 합니다.
그리고는 책장을 뒤적이더니

책을 모두 다시 읽는 겁니다.
독서 수준은 점차 업그레이드되어
셰익스피어, 톨스토이와도 친해졌습니다.

집안에서 TV가 나가고 얻게 된
의외의 수확에 만족하며
저도 아이들 곁에 앉아 고전을 펼쳤는데
예전과는 또 다른 감동이 있네요.

〈사람은 무엇으로 사는가〉
톨스토이의 글을 통해
사람은 사랑으로 살아가는 존재임을
다시 확인하며
한동안 사랑을 놓아버렸던
제 자신을 반성하게 됐습니다.

눈부신 세상 정보에 발 빠르진 못해도
아이들과 함께 거꾸로 사는 재미가
생각보다 큽니다.

길지 않은 저녁시간,

TV와 멀어진 만큼

가족들과 가까워지는

이 따뜻한 체험을 적극 추천합니다.

어릴 때 우리 집엔 TV가 없었다. 초등학교 시절, 새 학기가
되면 학교에서 '가정환경조사서'를 나눠주었는데 집에 TV,
전화기, 냉장고, 세탁기 등이 있는가를 조사하기 위한 것이었다.
요즘 아이들이 들으면 뭐 그런 걸 다 조사했나 싶겠지만
그 시절엔 그랬다. 기본적인 가전제품을 갖추고 사는 집이
별로 없었기 때문에 세탁기나 냉장고가 가정 형편을 살피는
척도였다. 우리 집은 어쩜 그 중 한 개도 없었을까.
그래서 가정환경조사서를 제출할 때면 난 왠지 주눅이 들곤 했다.
TV가 없던 나는 동네 친구들과 어울려 놀다가 어슴푸레
해가 지면 슬며시 TV가 있는 친구 옆에 가서 친한 척을 했다.
"나… 오늘 너희 집 가도 돼?"
친구네 집에서 너무나 재미있게 봤던 만화영화들!
인어공주, 독수리 5형제, 마징가Z, 짱가, 우주소년 캐시,
엄마 찾아 삼만 리, 플란다스의 개, 들장미 소녀 캔디,
이상한 나라의 폴….

작은 네모상자 앞에서 마치 내가 주인공이라도 된 듯 울고 웃으며
TV를 얻어보던 시절, 그때 세상에서 제일 부러운 사람은
집에 TV가 있는 사람들이었다.

얼마나 부러웠는지, 정말 얼마나 갖고 싶었는지 모른다.
그러던 어느 날, 우리 집에도 TV가 들어왔다.
친척 집에서 TV를 새것으로 바꾸며 헌것을 주신 것이다.
헌것이면 어떠랴. TV가 들어오던 날, 나는 하늘을 나는
기분이 뭔지 알았다. 밥도 안 먹혔다. 물론 잠도 오지 않았다.
TV는 내 친구! 그 다음부터 친구 집에 갈 필요가 없어졌다.
괜히 친한 척할 필요도 없었고 나는 하루아침에
의기양양하고 밝은 아이가 됐다. TV가 집에 들어온 날부터
우리 가족 취침시간은 밤 12시였다. 요즘은 방송시간이
따로 없지만 그땐 12시면 정규 프로그램이 끝났다.
얼마나 TV에 목말랐으면 방송이 다 끝날 때까지 봤을까.
자정이 되어 애국가가 울려 퍼지면 사뭇 엄숙한 분위기로
오른손을 왼쪽 가슴에 대고 애국가를 1절부터 4절까지 따라
부르기도 했는데 그때를 생각하면 자꾸 웃음이 난다.

그렇게 TV를 친구 삼아 지내던 어느 날 밤, 그날은 집에
아무도 없었다. 무심결에 TV를 켰는데 나는 그만
기절초풍할 뻔했다. 내가 이 땅에 태어나 그렇게 소스라치게 놀란

경험은 아마 그때가 처음이자 마지막이었을 거다.
그 당시 〈전설의 고향〉이라는 프로그램이 있었는데
납량특집의 대명사로 내용이 거의 귀신이야기였다. 그런데
아무도 집에 없는 날, TV를 켜자마자 머리를 산발한 귀신이
정면으로 나를 노려보고 있는 것이 아닌가. 그 자리에서
비명도 제대로 지르지 못한 채 밖으로 줄행랑을 쳤다.
한참을 뛰어 찻길까지 나갔다. 차 다니는 소리로 시끌벅적한 곳에
도착하자 그제야 안도의 한숨이 터져 나왔다.
그러고는 길에서 1시간가량을 서성거리다 조심조심 집으로
들어갔던 기억이 난다. 그 이후로 난 TV와 멀어졌다. 확실하게
멀어졌다. 혼자 집에 있을 때 TV를 켜는 일도 절대 없었다.
그리고 세월이 흘러 방송 일을 하면서 영상물이 미치는
영향력이 얼마나 큰가를 알게 됐다.

지금 우리 집엔 그 옛날처럼 TV가 없다.
요즘 추세는 LCD니 LED니 하면서 화면이 얼마나 선명한가,
모니터가 얼마나 큰가를 비교하며 집안에 명품 TV를
걸어두는 유행이 일고 있다. 그러나 난 어릴 때처럼
TV 있는 집이 부럽지 않다. 오히려 TV가 없는 것에 감사하며
산다. 왜냐면 우리 가족의 독서습관이 제대로 자리를
잡았기 때문이다. 집에 있는 책은 물론이고 이젠 가까운

 거 꾸 로 사 는 재 미

친구 집 책도 모두 빌려다 읽어버린 아이들. 그래서인지
말을 제법 조리 있게 하고 가끔은 어려운 표현을 써서 어른들을
깜짝 놀라게 할 때가 있다. 새 학기에 만난 이슬이의 담임선생님은
아이가 유독 글을 잘 써서 눈에 띈다는 말씀을 하셨다.
다독! 다작! 다상량!
글재주는 따로 있는 게 아니라 많이 읽고, 많이 써보고,
많이 생각하면 된다고 고등학교 시절 문예창작반 선생님께서
해주신 말씀이 지금도 기억난다.
TV가 없는 우리 집! 시대를 거꾸로 사는 듯 보일 수도 있겠지만
말 그대로 거꾸로 살면서 우리가 얼마나 많은 재미를 보는지
모른다. 거꾸로 사는 재미!
분명히 얘기하건데 이 재미는 과감히 TV와의 이별을 결단하는
분들만이 맛볼 수 있다.

봄비

수줍음을 잃어버린 나이에도
수줍은 듯 피어나는 진달래가
좋은 건 왜일까요.
연분홍 진달래는
제가 다른 계절보다
봄을 더 좋아하는
이유이기도 합니다.

황사바람에 옷깃을
꼭꼭 여미고 있던
진달래 봉오리가
세찬 봄비에
가슴을 활짝 폈습니다.

반가운 빗줄기 바라보다

며칠 전 아프리카에서 도착한
한 통의 편지가 생각났습니다.
굴삭기를 이용해
우물 파는 선교사님의 편지.
어서 비가 내려
빗물이 많이많이 모이기를
기도해달라던,
황톳물이어도 좋으니
그곳 사람들과 함께
물 얻는 행복을 누리고 싶다던….

마음이 잠시 차분해지면서
그동안 주방에서 아껴 쓰지 않은 물,
욕실에서 생각 없이 흘려보낸 물,
지난여름 장마 때
끝도 없이 쏟아지던 빗물,
그리고 지금 내리는 저 봄비까지
모두 모아 아프리카에 보내주고 싶어집니다.

땅도 꽃도 사람도
물 없이는 살 수가 없나 봅니다.

비를 만나지 못해

건조한 땅에서 불어오는 황사,

오랜 가뭄에 목이 마른 아프리카,

봄비가 내려야만 피어나는 진달래….

물은 모든 생명과 연관이 되네요.

겨우내 갈라져 푸석푸석 먼지가 이는

제 마음밭에도 물을 주고 싶습니다.

황톳물이라도 좋다던 선교사님….

황토 비라도 흠뻑 맞는다면

메마른 제 마음에도

진달래 같은 예쁜 꽃이 피어날까요?

작년 여름, 아프리카에 다녀왔다. 그저 감성적으로 막연하게
안타까움을 갖고 있던 검은 대륙 아프리카! 물이 없어
갈라진 그 땅을 직접 밟았다. 월드비전을 통해 다큐멘터리
제작차 비행기를 세 번 갈아타고 하루 반 만에 도착한
아프리카 말라위는 지금껏 내가 살아온 세상과는 전혀 다른
곳이었다. 공항에서 숙소로 가는 길에 차 안에서 깜짝 놀라

 거꾸로 사는 재미

뒤돌아본 장면은 쥐를 파는 어린아이들이었다. 죽은 쥐를
쇠꼬챙이에 줄줄이 꽂아들고 길에 서 있던 아이들.
현지인들 사이에서는 그게 고급 메뉴라고 했다. 집에 있는
우리 아이들과 거의 같은 또래로 보이는 거리의 아이들.
나는 멍한 충격 속에 아이들이 작은 점처럼 멀어질
때까지 돌아보았다. 첫날은 숙소에 짐을 풀고, 다음 날 부터는
릴롱궤라는 마을을 들여다보았는데, 그 시간들을 어떻게
정리할 수 있을까. 하늘이 있고, 땅이 있고,
사람들이 있었다. 그런데 물도 없고 양식도 없었다.
집이 아니었고 그들이 몸에 걸친 것은 차마 옷이라고도
할 수 없는 낡고 더러운 천 조각에 불과했다.
그나마 우물을 뚫어 마을에 식수를 개발한 지역은 사람들 얼굴이
말끔하고 표정들도 밝아 보였다. 가장 기억에 남는 이름, 레아!
우리 팀은 그녀의 집 앞에서 모두 울었다.
카메라를 잡은 피디의 손도 떨렸고 진행자도 울었다.
레아의 6개월 된 딸은 눈망울이 수정 같았다. 지금도 눈에 선한
그 눈빛. 아기는 배가 고파 얼마나 울고 또 울었는지
목소리에서 쉰 소리가 났다. 그 아기를 바라보며 하염없이
울던 박나림 아나운서의 글을 실어본다.

　　　말라위의 작은 마을에서 만난 레아의 나이는 37세.

벌써 일곱 아이의 엄마입니다. 남편의 오랜 폭력에 시달려
가끔씩 정신줄은 놓지만 굶는 아이들을 위해 뭐라도 하고픈
여느 엄마입니다. 레아의 남편은 감옥에 가 있고
흙벽돌집은 지난 우기에 무너졌습니다. 레아는 마당 한 켠,
창고에서 어린아이들과 함께 밥 굶기를 밥 먹듯이 하며
견뎌내고 있습니다. 온 집안을 뒤져도 콩 한 알이
나오지 않습니다. 레아는 아이들을 먹이겠다고 옥수수 껍질을
얻어다 빻아놓았습니다. 그 거칠거칠한 가루가 손에 닿는 순간
너무나 속이 상해 눈물이 났습니다. 어쩌면 그렇게도
먹을 것이 하나도 없을까요.
레아의 막내아이는 6개월입니다. 갓난아기처럼
작고 가볍습니다. 엄마 젖이 잘 나오질 않아 보채던 아기는
입가에 닿은 제 손가락을 힘차게 빨아댑니다. 그 놀림이
너무나 간절해서 눈물이 터져 나왔습니다. 제 손가락 끝에는
아직 그 아기의 입놀림의 감촉이 그대로 남아 있습니다.
제 손가락에서 우유가 나오면 좋겠다고 말도 안 되는 상상을
했습니다. 정오를 넘어가는 뜨거운 뙤약볕에
아이들은 그냥 앉아 있습니다.
"너희들 언제 밥 먹었니?"
"어제요."
"…"
촬영팀의 점심식사로 가져갔던 식빵 한 봉지를 건네주자

레아의 얼굴에 희망이 번집니다. 아이들의 입에
막대사탕 하나씩 물려주자 넋을 놓고 먹습니다.
6개월 된 아기는 생수병을 입에 대어주자 거의 반 병을
한번에 들이킵니다. 눈물 콧물 다 쏟던 촬영팀은
레아의 집에서 발길을 뗄 수가 없었습니다.
김태훈 피디는 레아의 여섯 번째 아들, 본 페이스를
후원하기로 그 자리에서 결심했습니다. 한 손에는 카메라를,
한 손에는 아이를 들쳐 안은 김 피디가 어느 때보다
듬직해 보입니다. 그렇게 누구라도 그 아이들의 손을
잡아주어야만 했습니다. 우리가 하루를 망설이면
그 아이들은 하루를 더 굶어야 하니까요.
지금, 한 아이의 손을 잡아주세요.

아프리카의 하늘이 생각난다.
그림처럼 파랗고 맑은 하늘. 아프리카의 땅도 생각난다.
가물어버린 논처럼 쩍쩍 갈라진 땅.
오늘 이곳에 내리는 봄비가 거기도 내렸으면 좋겠다.
같은 하늘인데 왜 봄비는 여기만 내리는 걸까?
레아와 아이들은 지금쯤 어떻게 지내고 있을까?

태풍 나비

곤히 잠든 아이들 머리맡에
된바람이 찾아와
덜컹덜컹 창문을 흔들어댑니다.

태풍이 일본 규슈를 지나
동해상으로 빠져나간다는
기상예보가 있었습니다.

매번 태풍의 이름은
참 예쁘기도 합니다.
이번에도 역시
태풍과는
전혀 안 어울리는 이름,
나비랍니다. 나비!

어쨌든 이름값을 하려는지
이번엔 살짝 비껴간다고 하네요.
추석도 머지않았는데
올가을은 큰 피해 없이
나비처럼 사뿐히 지나가주면
고마울 것 같습니다.

요즘은 입술의 말과
사랑에 대해 생각 중입니다.
사랑하면 말이 달라집니다.
태도도 달라집니다.

사랑이 없으면
백약이 무효라고 하네요.
아무리 좋은 말도, 좋은 약도
효과를 볼 수 없단 얘기지요.

사랑하고 싶습니다.
제 주변에 오래된 사람도
다시 처음 빛깔과 향기로
순수하고 아름답게

사랑할 수 있다면
정말 좋겠습니다.
바람이 점점 거세지고 있습니다.
내일 아침엔 비도 온다고 하니
긴팔 입고 외출하셔야 할 듯합니다.

저는 방금 태풍 소식을 듣고
여름내 열어두었던 창문을 닫으며
오랜만에 단잠도 잊고
사랑에 대해
말의 영향력에 대해
깊이 묵상해보는 중입니다.

나는 사람들을 좋아한다. 그래서인지 처음 만나는 사람도
별로 낯설어하지 않고 짧은 시간 안에 스스럼없이
친해지는 편이다. 분위기 봐가며 얘기도 잘 한다. 그런데
내 기분에 취해 말을 많이 하는 날이면 나중엔 꼭 후회를 하게 된
다. 말이 많으면 허물을 면하기 어렵다는 말처럼
필요 이상의 말을 하다가 농담처럼 건넨 말에 누군가의

 거꾸로 사는 재미

마음에 상처를 주기도 했다. 곰곰이 돌아보며 반성을 하고
정말 말을 잘하는 사람은 먼저 말을 절제할 줄 아는
사람인 것을 깨닫게 됐다. 글을 쓰는 일을 직업으로
갖게 되면서 나는 마음속으로 작정을 했다.
말을 하든지 글을 쓰든지 둘 중 하나만 하기로.
말 잘하는 사람이 자기 꾀에 스스로 넘어가게 되는 경우가
있는데, 그것은 상황에 따라 말을 덧붙이기도 잘하고 입장이
불리하면 살짝 감하기도 잘한다는 것이다.
다름 아닌 내 얘기다. 그런 말이 있다. 아홉 사람 즐겁고
한 사람에게 상처가 되는 말이라면 안 하는 편이 더 낫다고.
옳은 말이다. 말은 사람을 살리기도 하고 죽게도 한다.
사람이 모인 곳에서 어색한 분위기를 풀어내는 것도 말이다.
그러나 요즘은 차라리 어색한 분위기가 낫다는 생각이 든다.
분위기를 바꿔보려고 마음에 없는 말, 진심 아닌 말을 꺼냈다가
오히려 믿음을 잃어버릴 수 있기 때문이다.
가시 돋친 말로 상처를 받는 사람은 언제나 가까이에 있는
사람이다. 사랑하는 가족이고, 제일 친한 친구이고,
옆집에 사는 이웃이다.
분명 잘되라고 한 말인데, 나니까, 가장 친하니까, 사랑하니까
말해준 건데 상대방은 아파서 운다. 가까울수록 말을 아끼고
한번쯤 더 생각해보아야 한다.

다음은 어느 사보에서 읽은 글인데 읽으면서 가슴이 뜨끔하기도
하고, 공감하는 마음에 고개가 절로 끄덕여졌다.
그 일부분을 발췌해보았다.

사람은 하루에 평균 2만 5천 마디씩 말한다.
여자는 이보다 더 많은 3만 마디. 한가하게 이런 통계를
잡아본 미국 학자가 있다. 그에 의하면 사람들은 일생을 통해
줄잡아 5분의 1을 말하는 데 쓴다. 1년 동안만 따진다면
적어도 400쪽짜리 132권을 채울 분량이 된다고 한다.
분량은 그렇게 많지만 그중엔 안 해도 될 말이 있고,
군말이 있고, 공연한 말도 있다. 이런 헛말, 실없는 말,
쓸모없는 말들을 빼고 나면 남는 게 별로 없다.
그런데도 말하기를 무척 좋아하는 사람들이 있다.
그들은 자기가 끼어들 일도 아닌데 끼어들겠다고 얼굴을
내민다. 잘난 체하느라고 입을 여는 사람도 있다.
속이 들어 있는 사람은 때를 가려 할 말만 한다. 그러나
좀이 쑤셔서 입을 가만히 두지 못하는 사람도 있다.
그런 사람은 남이 자기를 어떻게 보는지 가려내지 못한다.
자기 말이 남의 비위를 얼마나 건드리는지도 헤아리지 못한다.
그런 사람들은 또 우쭐해져서 제자리를 잊는다.

나는 요즘 한 달째 꼭 필요한 말만, 친절한 말만 하는 훈련을

 거 꾸로 사 는 재 미

하고 있는데 보통 힘든 게 아니다. 괜찮은 사람 되기란
생각만큼 쉽지 않은 것 같다. 앞으로 말을 하기 전에 다음
세 가지를 염두에 두려 한다.

첫째, 꼭 필요한 말인가!
둘째, 꼭 해야 할 말인가!
셋째, 사랑의 말인가!

단비

이렇게 단비가 내리려고
어제는 그리 더웠나 봅니다.
고요히 단비가 내립니다.

비 내리는 뒷산에선
여름 향기가 느껴집니다.

비를 피해 산새들도
모두 숨었는지
지금은 빗소리 외에
아무 소리도
들리지 않습니다.

어제 뒷산 산책길에서 만난
마른 땅을 힘겹게 오르던

키 큰 지렁이가

지금쯤 비에 젖어

행복해할 겁니다.

말라버린 약수터에

누군가 까치를 생각해 남겨둔

한 바가지 물 위로도

빗방울이 톡톡 떨어지고 있을 겁니다.

땀과 먼지로 얼룩졌던 제 맘도

내리는 저 비에

충분히 씻기기를 기도해봅니다.

단비는 은총인가 봅니다.

빈 들에 마른 풀 같은

시든 마음을

다시 일어서게 하는

비가 오는 날이면 글이 더 잘 써진다. 내가 쓴 대부분의 글도
비에 얽힌 이야기가 많다. 학창 시절에도 수업을 듣다가
열어둔 교실 창문으로 비가 들이치면 그 시간으로
수업은 종료였다. 선생님 말씀이 더 이상 귀에 들어오지
않았다는 얘기다. 몸은 교실에 앉아 있어도 마음은 이미 빗길로
뛰어나갔으니까. 비 내리는 풍경, 빗소리, 비 맞기,
비로 시작되는 노래까지 비에 연관된 것은 다 좋았다.
비만 내리면 무작정 신이 났다.
그래서인지 나의 중간고사 시험지 위에도 늘 비가 내렸다.
정답에 매겨지는 동그라미 대신 오답 위로 내리치던 빗살무늬
시험지! 자랑할 일은 아니지만 사실이 그랬다.
그러나 성적을 두고 그리 큰 고민을 하지는 않았다. 그냥 담담히
현실을 받아들였다. 그 시절, 청소년을 위한 영화가 한 편
개봉됐는데 제목이 아주 마음에 들었다.
제목만으로도 큰 공감을 준 영화, 〈행복은 성적순이 아니잖아요〉!
요즘 유행하는 거친 표현을 잠깐 빌리자면 '1등만 기억하는
더러운 세상'에서 많은 학생들에게 위로를 주는 영화였다.
결혼하고 어느 날인가 성적증명서를 뗄 일이 있어서

남편에게 부탁을 했더니 내 성적표를 들고 집에 돌아온 남편이
현관에서부터 콧노래를 불렀다. 나가 보니 '이럴 줄 몰랐다'는
표정으로 성적표를 내밀었다.
별생각 없이 부탁했던 건데 남편은 대어를 낚은 듯 웃고 있었다.
그러더니 다음 날부터 이름을 안 부르고 등수를 부르는 것이
아닌가. 남편은 한동안 매우 높은 숫자를 자랑하는 내 등수를
부르며 놀리곤 했다. 행복은 성적순이 아니라고 하면서 판단은
성적순으로 하는 사람들…. 아, 안타까운 현실!

나는 현재 두 아이를 키우는 엄마다.
엄마들의 정보력과 전략이 아이들의 성공 여부를 결정한다고
철썩같이 믿는 대한민국의 엄마다. 한국 엄마들의 치맛바람은
세계화되어 간다는데 나는 가끔 그런 기준에 비추어볼 때
내가 제대로 된 엄마인지 혼란스럽다. 무늬만 엄마라는
소리를 종종 듣곤 한다. 심지어 내 아이들에게조차….
"엄마, 나 내일 시험인데…."
"그래? 그런데 여태 놀았어? 지금 시간이 몇 신데…. 공부하기엔
너무 늦은 시간이야. 그냥 자. 어린이는 일단 잠을 많이 자야 돼."
"엄마, 내일 미술 준비물 있는데 재활용품을 가져가야 돼."
"그걸 왜 이제 말하니? 오늘은 늦어서 준비 못하니까 일단
자고, 내일 학교 가서 친구한테 빌려봐. 만약 못 빌리면

그냥 한 대 맞아."

"….."

"엄마, 선생님이 문제집 사서 풀라고 하셨어."

"무슨 공부를 그렇게 많이 해? 어린이는 나가서 놀아야 해."

"엄마, 학생의 본분은 공부야!"

"너 분명히 그 문제집 사도 다 못 풀어. 그러니까 엄마가 선생님께 말씀드려 줄게."

선생님께 말씀드렸더니 웬만하면 사주라고 하셨다.

그래도 안 사줬더니 남편이 아이를 데리고 나가 문제집을 사왔다. 문제집 제목은 백 점 시리즈였다. '백 점 맞는 사회', '백 점 맞는 수학', '백 점 맞는 국어'. 백 점은 나와 거리가 먼 점수여서 그런지 문제집 이름이 별로라고 생각됐다. 그런데 아이는 백 점 시리즈로 문제를 풀더니 학교에서 기필코 백 점을 받아왔다.

이삭이는 그냥 가서 야단을 맞든 매를 맞든 하라고 하면 단순하게 순종하는 성격인데, 이슬이는 매 맞는 걸 무서워하고 서러워하는 소심한 여자 아이다. 남편과 내가 아이를 양육하는 방법에 조금씩 다른 의견을 갖고 있지만 그 나름대로 일장일단은 있다. 남편은 세심하게 신경 써서 준비해주고 도와주는 반면, 나는 알아서 하라고 방목하는 편이다.

그랬더니 아이들이 스스로 알아서 준비한다. 엄마를 믿었다가는 큰코다친다는 것을 아니까 미리미리 준비하는 것이다.

그걸 의도하고 방목한 건 아닌데 나름 괜찮은 방법인 것 같다.

나는 공부를 썩 잘하지 못해서 비를 좋아한다고 핑계 댔지만

우리 아이들은 성실하게 공부를 하고 있어서 다행이다.

비가 좋다는 이야기를 하다가 얘기가 또 다른 데로 샜다.

결론은 나는 여전히 비를 좋아한다는 것이다. 마른 풀잎에

물기를 주고 메마른 땅을 적셔주고 사람들에게 생명을 주는 비는

지금도 내 마음을 적셔가며 글을 쓰게 하는

일등공신이라는 것이다.

아삭아삭 깍두기

깍두기 한번 담가보겠다고
진작 사다둔 무 여섯 개를
며칠간 주방 귀퉁이에 밀쳐뒀다가
어젯밤 모두 잡았습니다.

주부경력 십여 년을 넘기면서도
여전히 칼놀림이 어설픈 아내를
익히 아는 남편이
도마 위에 놓인 무를
시원스레 썰어준 덕분에
다행히도 수월하게 해치웠습니다.

적당히 소금에 절어든 깍두기!
고춧가루와 새우젓,
몇 가지 양념을 넣고 버무리다가

저는 그만 푸~ 하고
웃어버렸습니다.

지난 한 주간
속으로 툴툴댔던
제 모습이 떠올라서입니다.

"깍두기 같은 내 인생
보잘것없는 내 인생
나는 깍두기야, 깍두기"

일주일 내내 스스로를
작은 깍두기에 비유하며
혼자 뾰로통해 있었거든요.

베란다에 하룻밤 재우고
아침에 꺼낸 깍두기!
조심스레 식탁에 올려주고
가만히 눈치를 살피는데

"아삭아삭 아삭아삭"

깍두기 씹는 소리로

밥상이 시끄러워졌습니다.

성공이었습니다!

밤새 맛이 제대로 든 겁니다.

깍두기가 사랑스러워 보였습니다.

맛있다며 시끄럽게 먹어주는

가족들도 고맙고

거기다 한마디 거들어주는

아들의 말에 더 웃음이 났습니다.

"우리 엄마는 참 귀여워. 깍두기처럼.

아빠! 엄마의 이 모습에 쏙 빠진 거죠?"

그래서 그냥 이렇게 살기로 했습니다.

작고

맛있고

귀여운

깍두기처럼.

김장을 해보고 깍두기를 몇 번 담가보니 평소 그리도 어렵게
느껴지던 김치 담그기가 점점 재밌어진다. 만약 실패했더라면
이런 생각이 안 들었겠지만 신기하게도 김치가 모두 맛있게 됐다.
물론 옆집 아줌마도 도와주시고, 아랫집에서 무도 썰어주고,
버무리는 것도 거들어주셔서 백 프로 내가 했다고는 할 수 없지만
어쨌든 지휘관은 나였다. 작년 김장김치는 정말 맛있어서
신이 나 주변 분들에게 나눠드리다 보니 글쎄 한겨울에
먹어야 할 김치가 한 달 만에 동이 났다. 아랫집 아줌마가 나더러
푼수라고 했다. 그러면서 당신네 친정엄마가 보내주신 김치를
한 통 나눠주셨다. 그런데 우리 집 김치보다 맛이 별로였다.
가만 생각해보니 내가 현명했다는 생각이 들었다.
우리 집 김장김치가 맛있었던 이유는 가장 맛있는 기간에
나눠 먹었기 때문이다. 김치를 드셨던 분들이 한결같이
맛있다는 인사를 해오셨다.
그건 그냥 인사치레가 아니었다. 도대체 김치 속 양념으로 무얼
넣었느냐고 물어보셨다. 특별한 재료도 안 넣었는데,
비싼 젓갈을 넣은 것도 아닌데 맛이 있었다.
생각하건대 그 김장김치는 딱 그 기간에만 맛있었던 것 같다.
아마 나누지 않고 우리만 먹었더라면 그 맛이 오래가지는

않았을 것이다. 숙성된 깊은 맛이 있었을지 몰라도 우리 가족이
한 달간 먹으면서 느꼈던 김장김치 맛은 정말 일품이었다.

엊그제도 어머니가 시골서 보내오신 무말랭이와 깻잎을 덜어
아는 분들께 갖다드렸다. 두고두고 먹으라고 보내오신
밑반찬이었지만 두고두고 먹으면 사실 두고두고 맛있다는 생각은
들지 않는다.

가장 맛있을 때 나눠 먹으면 많은 사람들이 두고두고 고마워한다.
그래서 앞으로도 그냥 이렇게 살기로 했다. 이웃들과 두고두고
정을 나누며 살기로.

깍두기 같은 인생이 뭐가 어떻다고 난 한동안 뾰로통했던 걸까?
깍두기가 제대로 맛이 들면 얼마나 맛있는 반찬인데….

후각 추억

아이와 동화책을 빌리러 갔는데
눈에 띄는 제목이 있었습니다.
〈냄새가 추억을 생각나게 한대요〉
과학 동화였는데 그 제목을 보자
어릴 적 다녔던 교회가 생각났습니다.
눅눅한 곰팡이 냄새가 나던 기도실
그러나 싫지만은 않았던 냄새

생각난 김에 길 건너 교회로 향했습니다.
이젠 아파트가 빽빽이 들어선 언덕
거기엔 어린 시절을 돌아볼 수 있는
한 장의 배경도 남아 있지 않았습니다.
반듯반듯한 아파트 숲 가운데
멋지게 리모델링된 교회가
우뚝 서 있었습니다.

이십여 년 전 다녔던 교회
어린 날의 추억이 서린 곳
'기도실'이 제일 먼저 눈에 띄어
조심스레 문을 열고 들어서다가
저는 그 자리에 멈춰 섰습니다.

눈에 보이는 어느 것 하나
예전 같지 않았지만
기도실의 곰팡이 냄새는
그때와 똑같았습니다.

기도실에 얼마나 앉아 있었을까.
평생을 함께할 줄 알았던
사랑했던 그 시절 사람들이
금방이라도 들어설 것만 같았습니다.
후각이 추억과 연결된 감각으로
저를 과거로 데려간 것입니다.

살며시 피아노 앞에도 앉아보았습니다.
단발머리에 교복 입고 빨개진 얼굴로
그때 즐겨 불렀던 찬송을

조용히 몇 곡 불러보고
자리에서 일어났습니다.

이제 다들 어디 있을지 알 수 없는
그 사람들은 어느 날 불현듯
저처럼 지난 시간을 돌이켜볼 때
소영이라는 이름에서 어떤 추억과
향기를 느낄지 문득 궁금해집니다.

후각 추억을 통해서라도
누군가에게 따뜻하고 정겨운 이름
그리운 이름으로 기억될 수 있다면
더 바랄 것이 없겠습니다.
곰팡이 냄새가 유난히 좋은 날입니다.

후각만큼 추억을 강하게 떠올려주는 게 또 있을까?
골목길을 지나다가 어느 집에선가 풍겨 나오는 구수한 된장찌개
냄새를 맡으면 엄마가 차려주신 소박한 밥상이 생각나고,
아카시아 향기가 진동하면 어릴 때 언니랑 산에 올라 따 먹던

아카시아 꽃의 달콤한 맛이 생각나고, 복잡한 출근시간
전철을 타면 스쳐가는 샴푸 냄새에서 그리운 친구의 얼굴이
떠오르기도 한다.
후각은 그렇게 시각이나 촉각, 청각보다 더 빨리 잠재의식
속의 기억을 불러오기도 하고 오래된 시간 속으로 우리를
데려다 주기도 한다. 나는 어릴 때 비누 냄새를 유난히 좋아했다.
하루 종일 밖에서 뛰어놀다가 집에 가면 엄마가 내 목에
수건을 두르고 얼굴을 씻겨주셨는데, 그때 썼던 노란
'다이알비누' 향이 지금도 생각난다.
머리 감을 때 한창 유행하던 주황색 샴푸 '유니나'도 좋았다.
그 향기를 생각하면 어릴 때 동네 목욕탕이 대번 떠오른다.
엄마랑 목욕탕에 가서 보면 너도나도 유니나 샴푸를
쓰고 있었으니까. 엄마는 나랑 언니, 남동생을 데리고 일주일에
한 번씩 목욕탕에 가서 때를 밀어주셨다. 물론 남동생은 아주
어렸기 때문에 여탕 입장이 가능했다.
엄마와 목욕탕에 한번 들어가면 두세 시간은 기본이었다.
우리가 어려서 다 씻겨주시느라 시간이 걸리기도 했겠지만,
그때 당시 대부분의 사람들은 본전을 뺀다는 심정으로 목욕탕에
오래 눌러앉아 있었다. 나는 뜨거운 곳에 오래 있으면
현기증이 나서 그게 참 싫었는데, 엄마랑 함께 가는 날엔
꼼짝없이 앉아 있어야 했다. 가끔 거기서 친구들을

만나기라도 하면 어찌나 부끄럽던지, 어느 땐 친구들이 있어도
등을 돌리고 모른 체하기도 했다. 목욕을 마치고 나오면 장시간
물에 불어난 손가락 발가락이 할머니 손발처럼 쪼글쪼글해져
있었는데 그것도 참 재미있는 기억이다.

탈의실에서 머리를 털어 말리고 옷을 챙겨 입고 밖으로 나오면
기분이 상쾌하고 좋았다. 내 머리에서 나는 은은한 샴푸 향에 취해
집으로 돌아오는 발걸음이 더없이 가벼웠다.

구수한 된장찌개, 곰팡이 냄새, 향긋한 비누 냄새, 샴푸 냄새….
오래된 후각 추억이 오늘도 나를 순간 이동시킨다.

그리운 그 시절로 말이다.

마음의 월동 준비

온종일 겨울비가 내렸습니다.
아파트 복도에 서면 훤히 뵈던 뒷산이
하나도 보이지 않을 만큼
짙은 안개비가 내렸습니다.

비가 그치고 나면
본격적으로 추워진다기에
부랴부랴 한겨울용으로
옷장 정리를 다시 했습니다.
따뜻한 방한복을 접어 넣고
방충제 넣는 것도 잊지 않았습니다.
예전에 좀약을 깜빡 해서 아끼던 옷에
구멍 난 적이 몇 번 있거든요.

지난봄, 두 알씩 싸 넣었던 좀약은

다 날아가고 빈 휴지만 남았더군요.
나프탈렌은 승화라는 성질을 갖고 있어
마치 드라이아이스처럼 고체에서 기체로
날아가 버리더라구요.

옷장 속에 좀약을 한참 넣다가
제 마음에도 초강력 방충제를
넣어야겠다는 생각을 해봤습니다.
제 속에도 마음을 갉아먹는 좀벌레가 있거든요.
기체가 되어 날아가 버리면
넣고 또 넣어야겠다고 생각했습니다.

엄마 냄새 좋다며 품으로 파고드는 아이들에게
때론 속마음도 보여주고 싶을 때가 있습니다.
바깥 향기보다 마음의 향기를 전해주는 엄마이고 싶은데
돌아보면 늘 부끄러운 마음뿐입니다.

허물없는 선배는 오늘 같은 날,
김치전에 막걸리 생각난다며 그리운 맘을 전하는데
저는 안개 속을 걷듯 마음이 뿌옇게 흐려 와서
별다른 말도 못하고 씁쓸히 수화기를 내려놓았습니다.

오랜만에 보글보글 된장찌개 끓이고
김장겉절이 푸짐하게 올려
가족들과 저녁식탁에 둘러앉으니
마음이 한결 푸근해집니다.
창밖의 비가 그칠 즈음
제 맘의 안개도 걷히기를 바라고 있습니다.

김장을 담그고
아이들 옷장 속에
벙어리장갑과 마스크를 넣어주고
그럭저럭 올겨울 날 준비를 마쳤습니다.
이젠 강추위가 와도 꿋꿋이 이겨낼
마음의 월동준비도 해야겠습니다.

남들처럼 드레스 룸이 있으면 좋겠다는 생각을 했다.
그러면 계절이 바뀔 때마다 장롱 위에 올려둔 옷 박스를 내려서
씨름하지 않아도 되니까. 철 지난 옷을 교체하고 정리하는 일은
이만저만 고된 게 아니다. 아이들을 불러 세워놓고 옷을 몸에
대보며 더 입혀야 하나 말아야 하나 고민하다가 소매가

깡충 작아진 옷은 재활용으로 분류해서 내놓고,
무얼 더 사 입혀야 할지 체크도 해보고 옷 박스를 안고 그럭저럭
씨름하다 보면 하루가 꼬박 지나간다.

아이들 옷이 작아진 걸 볼 땐 언제 이렇게 컸나 싶으면서 엄마로서
뿌듯한 보람도 있고 재미도 있다. 그러나 항상 그렇진 않다.
역시 재미보다는 힘들다는 쪽으로 마음이 더 기운다.

한참을 정리하다가 피곤함이 몰려와 쌓인 옷 위로 푹 엎드리면
그 순간 폐부 깊숙이 파고드는 나프탈렌 냄새!
옷장 정리 거부감의 절정을 맞는 순간이다. 그렇다고
나프탈렌을 안 넣을 수도 없는 일. 요즘 향기 좋은 제품도 나오긴
하지만 그건 효력이 약하다. 내 마음속에도 초강력 나프탈렌을
넣고 싶다는 생각을 한 이유는, 옷장 정리하며 딸아이의 올 풀린
블라우스를 꿰매다가 최근 연락이 닿은 고등학교 때 친구가
생각나서다.
옛날엔 개나 나나 한동네에서 사는 게 비슷했다. 그런데
이 친구가 부잣집으로 시집을 갔단 말이다.
거기까지도 좋은데 남편이 억수로 좋다는 얘길 들었다.
우리 신랑도 사람 좋기로는 결코 뒤지지 않으니까

거기까지도 괜찮았는데 이 친구가 플루트를 배우고,
그림을 그리고, 골프를 친다는 것이다.
그것까지도 전혀 부럽지 않았다. 생활이 넉넉하고 여유로우니까
당연히 그런 취미생활을 하는가 보다 했다. 그런데 걔네가 좋은
일도 많이 하고, 아이들도 잘 키우고, 모든 면에서 모범이
된다는 것이다. 며칠 전 아이들 옷을 사려고 남대문시장에 갔는데,
배가 고파 보리밥집에 들어갔다가 같이 간 동네 분에게서
그 친구의 이야기를 전해 들었다. 친구가 그렇게 잘 살아간다는
이야기는 반가운 소식이었다.

그런데 집에 돌아와 옷 박스를 정리하다 보니 친구의 홈피에서
본 넓은 집이 아른아른 떠오르는 것이 아닌가.
그 친구는 어떻게 알고 찾아왔는지 나의 미니홈피에 먼저
안부 글을 남겨주었다. 그래서 나도 인사차 들어가본 건데,
그곳엔 내 친구가 정말 우아하고 단아한 중년의 모습으로
서 있었다. 플루트 연주를 마치고 연주자들과 나란히 함께 찍은
사진도 보았고, 정물화를 그려 센스 있게 집안에 걸어둔
그림도 보았다. 넓은 정원에 매달아둔 아이들의 그네와
장난감 자동차도 사랑스러워 보였고, 식탁 위에 정갈하게 차려낸
이름 모를 요리들도 맛있어 보였으며, 그녀가 직접 담장 밑에
심었다는 꽃들도 그렇게 예뻐 보일 수가 없었다.

옷 박스를 안고 씨름하다가 그 친구 사는 걸 생각하니 갑자기

처연한 기분이 들었다. 큰 건 바라지도 않고

난 그저 드레스 룸 하나 있으면 좋겠다는 생각만 했을 뿐인데,

없는 드레스 룸을 계속 생각하니 갑자기 옷장 정리도

싫어지고 피곤이 몰려온 것이다. 없는 걸 생각하면 그렇다.

세상의 좋은 것과 비교하기 시작하면 한도 끝도 없다.

그래서 슬금슬금 비교를 부추기는 '좀벌레'가 들어오는

내 마음에 방충제를 넣고 싶었다.

모든 좀벌레를 초전에 박멸하는 초강력 울트라 방충제를….

글로나마 답답했던 마음을 풀어내니 좀 나아졌다.

내가 옷장 정리하며 이런 생각을 하는지 누가 알까?

사람 마음이 다 그렇다. 보이는 게 전부가 아니다.

보이지 않는 곳을 더 잘 가꾸는 사람이 되어야지 다짐을 하면서도,

나는 오늘도 장롱 위의 옷 박스를 바라보며 이렇듯 드레스 룸을

꿈꾸고 있는 것이다.

첫사랑

온 세상이 하얗게 덮이고 있습니다.
아직 다 떨어지지 않은 나뭇잎도
길가에 줄지어 세워둔 자동차도
공중의 전깃줄도 모두
두툼한 흰색 털잠바를 입고 있습니다.

그 바람에 자정이 다 된 시간
저희 동네는 소란스럽습니다.
빙판길을 우려해 빗자루 들고
눈 치우러 나온 아저씨들과
첫눈 소식에
잠을 잊고 뛰어나온
아이들 때문입니다.

어떤 집은 가족이 모두 나왔습니다.

아이들에게 눈사람을 만들어주는 아빠,
사진을 찍어주는 엄마도 보입니다.

햇볕 잘 드는 우리 동네엔
아직 가을이 남아 있었는데
갑자기 내려온 함박눈에
가을이 푹 덮여버렸습니다.

문득
단발머리 중학교 시절,
집배원 아저씨가 배달해준
한 장의 크리스마스카드가
생각납니다.

오늘 밤 눈 내리는 풍경이
꼭 그때 받은
멋진 크리스마스카드처럼
제게 선물이 되고 있습니다.

첫눈,
처음 마음,

처음 믿음,

그리고 처음 사랑

무엇이든 처음 것은

가장 아름다운 선물인가 봅니다.

단발머리 중학생 때 받은 크리스마스카드는 첫사랑에게서
받은 카드였다. 분홍색 속지에 연필로 먼저 쓰고
그 위에 볼펜으로 다시 눌러 쓴 정성이 담긴 카드…. 나 혼자
짝사랑 하는 거라 생각했는데 그도 내 마음을 알았던 걸까?
어떻게 알았는지 우리 집 주소를 알아 카드를 보내온 날,
나는 내 심장 소리에 귀가 먹먹했다. 중고등학교 시절,
친구들이 다 하는 그 흔한 미팅을 난 단 한 번도 안 했다.
내겐 오직 한 사람! 자주 만날 수 없어도, 소식을 몰라도,
언제나 그만을 그리워했다.
고등학교를 졸업하고 그는 신촌에 있는 대학에 입학했고,
난 단짝친구랑 그의 학교에 자주 놀러갔다.
학교 캠퍼스에서 혹시나 마주치지 않을까 하는 마음으로….
그는 학교에서 연극동아리 활동도 하고 챔버 지휘도 했다.
난 그의 공연을 한 번도 놓친 적이 없다. 그가 맡은

배역의 대사를 다 외웠고 그가 부른 노래는 내 노래가 되었다.
시간은 흘러 그는 같은 학교 간호학과 동갑내기 여학생과
결혼을 했다. 요즘으로 보면 조금 이른 나이의 결혼이었다.
어쨌든 장가가서 두 아이의 아빠가 됐고 치과의사가 되었다.
그를 다시 만난 건 십 년 전쯤? 어느 날 그가 찾아왔다.
자기가 자라던 동네가 그리워서 왔다며 내게 연락을 한 것이다.
그런데 나는 예전처럼 가슴이 뛰거나 설레지 않았다.
아주 오랜만에 마주 앉았는데 내겐 그가 보이는 게 아니라
지난날의 내가 보였다.

어린 시절, 별일도 아닌 일에 양쪽 볼이 빨개지던 아이, 그를 만날
때면 무슨 말부터 해야 할지 몰라 쪽지에 할 말을 적어 가고,
그를 위해 털실로 목도리를 짜고 밤을 새워 가면서 조끼를 짜던
지고지순한 소녀, 그가 결혼하던 날엔 결혼식장 기둥 뒤에 숨어서
눈물을 훔쳐내던 순진했던 스물세 살의 아가씨….
나는 여유롭게 웃으면서 오래도록 닫아두었던 지난날의
내 마음을 그에게 들려줬다. 나중에 크면 자기한테 시집오라
해놓고 다른 여자에게 장가든 나쁜 사람이라고 욕도 해줬다.
묵묵히 내 이야기를 다 듣고 난 그가 툭 던지듯이 말했다.
"그럼… 난 이제 너의 추억 속에서 죽은 거냐?"
"그럴 리가… 오빠도 나도 그대로 살아 있지. 우리들의 착하고
순수했던 추억 속에…."

집으로 돌아오는 길, 나지막한 소리로 내가 먼저
노래를 불렀다. 어릴 때부터 무슨 노래든 내가 선창을 하면
그는 베이스로 멋진 화음을 넣어주었다. 변함이 없었다.
내 노래에 그는 화음을 실었고 우리는 아무 말 없이 노래를 부르며
걸었다. 빗방울이 조금씩 떨어지고 있었지만 우리는
아랑곳하지 않고 천천히 걸었다.

재작년 봄, 나는 처음으로 그의 치과에 들러 치료를 받았다.
옛날 같았으면 감히 상상할 수도 없는 일.
어찌 부끄럽게 그 사람 앞에서 입을 열 수 있단 말인가.
그런데 세월이 약이라더니 그 기나긴 세월이 나를 뻔뻔하게
만들었다. "앙~" 하고 입을 열어 내 모든 충치를 그에게
오픈한 것이다. 그는 말끔히 치료해주고, 그의 아내는 치아관리를
어떻게 해야 할지 친절히 설명해주었다. 내친김에 사랑니도
빼고 가라는 제안이 있었지만, 나는 할머니 돼서 이가 다 빠지면
그때 써먹을 거라고 극구 사양하며 돌아왔다.
첫눈, 크리스마스카드, 첫사랑….
20년 전, 그 아름다운 시절의 플라토닉 러브는 나의 빛바랜
일기장 속에 지금도 고스란히 담겨 있다.

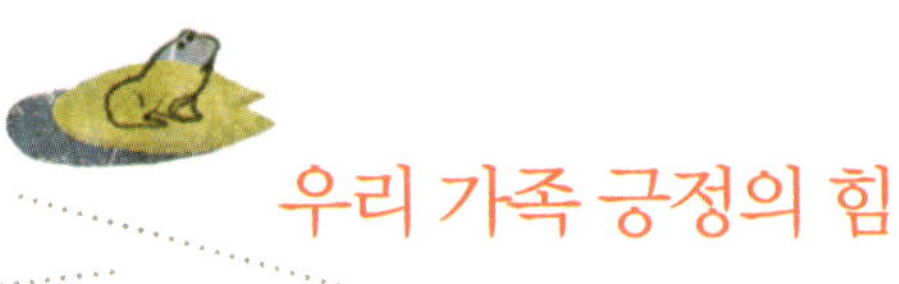

우리 가족 긍정의 힘

몇 달 사이 가족들 건강에
크고 작은 문제가 있었습니다.

이삭이가 두 차례나
높은 곳에서 떨어져
어깨와 팔목 골절상을 입었고
남편은 허리 디스크로
병가를 내고 치료를 받았습니다.
그런데 엊그제는
아버지가 교통사고를 당하셔서
긴 시간 수술을 하게 됐습니다.

아마 다른 사람의 일이었다면
살다 보면 누구나 겪는 일이라고
저도 그렇게 말했을 텐데

직접 일을 당하게 되니까
왜 자꾸 이런 일이 생길까 하며
조각구름 같은 근심이
마음을 덮어왔습니다.

그런데 감사하게도
가족들이 모두 긍정적이어서
마음의 구름이 오래가질 않네요.

이삭이는 왼팔에 깁스를 하고
몇 달씩 불편하게 지내면서도
"오른팔이 있으니까 괜찮아요.
그리고 이 기회에 장애인의 마음을
알게 되어서 감사해요."
가족들로 할 말을 잃게 만드는
이삭표 긍정의 힘이었습니다.

아버지는 수술을 마치고
휠체어에 앉아 계시면서도
오히려 사고 낸 분을
안심시키고 격려해드려

그분을 눈물짓게 했습니다.

가타부타 말할 것 없이

보험으로 처리하면

깨끗하다 말하는 세상에서

서로를 다독여주고

고마운 마음을 확인하며

함께 웃을 수 있음이

감사할 따름입니다.

약해진 육체의 회복은

시간이 다소 걸리겠지만

잠시 놀라고 당황스럽던

가족들의 마음은

이미 다 회복된 듯합니다.

긍정의 힘!

병든 마음도

병든 몸도

능히 일으키는

아름다운 힘입니다.

사내아이들은 자라면서 몇 번씩 깨지고 부러지고 한다며
이미 아이를 다 키운 동네 어른들이 아무 일 아니라는 듯
말씀하셨다.
왼쪽 어깨뼈가 부러져 꼼짝없이 한 달간 팔을 못 쓰는
상황에서도 이삭이는 별 걱정이 없어 보였다. 본인 말처럼
오른팔만으로도 그간 해오던 일들을 무리 없이 해냈다.
야구도 하고, 자전거도 타고, 놀이기구에도 올라가고….
그렇게 지내다가 한 달 만에 답답하던 깁스를 풀었는데,
불과 며칠 후 또다시 놀이기구에서 떨어져 팔목뼈가 골절됐다.
그것도 엄마한테 야단맞을까 봐 하룻밤이 지나고 나서야
얘기했다. 팔목이 퉁퉁 부은 상태로 보아 밤새 많이 아팠을 게
분명했는데, 아이는 아무렇지도 않은 듯이 얘기했다.
징징거리고 우는 것보다야 낫지만 무슨 애가 매사에 저럴까
싶은 마음이 들었다.

이삭이의 긍정의 힘은 가끔 우리 부부를 놀라게 한다.
작년 겨울, 불우이웃 돕기 쌀을 담아 가야 한다며 학교에서
가져온 비닐을 내밀던 아이가 이런 말을 했다.

요즘 아이들은 어른 못지않은 얘기를 곧잘 한다.

집에 놀러와서도 아파트 평수를 묻고 가난한지 부자인지 눈에
보이는 대로 판단한다. 이삭이의 친구는 우리 아파트 아래 새로
지은 아파트에 사는데 평수가 우리 집의 네 배가 넘는다.

그러니까 상대적으로 이삭이가 가난해 보였던 모양인데 그 아이는
이삭이를 못사는 친구로 단정 지어 버린 것이다.

"이삭아, 우리 집이 걔네 집에 비해서는 많이 좁지만 그렇다고
우리가 못사는 건 아니야. 가난해도 잘 살 수 있고 부자여도
못 사는 사람이 있어. 말의 의미를 잘 생각해봐. 이삭이는 우리가
못 산다고 생각해?"

"아니."

나는 웃으면서 비닐 가득 쌀을 담아 보내고 다음 날 학교에서
돌아온 아이에게 쌀을 흘리지 않고 잘 갖다 냈느냐고 물었다.

"그럼~ 엄마, 그런데 어제 그 친구가 오늘은 나보고 좋겠대.
자루에 모은 쌀이 다 우리 집으로 보내질 거라면서…."

"그래? 그 말 들을 때 기분이 어땠어?"

"음…. 그다지 좋진 않았지."

그 말을 하면서도 이삭이는 별일 아니라는 듯 씩 웃어 보였다.

잠시 후 샤워를 하고 나온 이삭이가 몸의 물기를 닦으며

환한 표정으로 이야기했다.

"엄마, 사실 내가 언젠가는 그 친구에게 본때를 보여주겠다고

생각했는데, 정말 본때를 보여줄 상대는 그 친구가 아니라

내 마음속에 들어온 부정적인 생각이었어. 그런 생각은 홈런으로

날려버리고 정말 힘 있는 사람이 돼야겠어. 하하하!"

건강한 이삭이를 보면서 대견하기도 하고 놀랍기도 하고

부럽기도 했다. 아이와 어른의 차이일까?

나도 아이처럼 부정적인 생각들을 한 방에 날려 보내고

싶은데, 아이들에게는 그렇게 가르치면서 실상 엄마인 나는

생활 속에서 실천하지 못하고 있었다. 이삭이가 건강한 것은

다름 아닌 긍정의 힘이었다. 어려운 일을 당했을 때 그것을 남의

탓으로 돌리지 않고 자신에게서 문제의 해결점을 찾아낼 줄

아는 긍정의 힘! 이제 나도 이삭이처럼 내 마음속

부정적인 생각에 본때를 보여줘야겠다.

꼴찌의 기도

밖에서 뛰어 노느라
저녁 식사 시간도 놓치고
늦게 들어와
꼴찌로 밥상 앞에 앉은 이삭이

일단 밥 먹고 나면
야단 좀 쳐야겠다고
단단히 마음을 먹었는데
식사를 마친 후
빈 그릇을 설거지통에 담던 아이가
이런 얘길 합니다.

"엄마, 배고파서 열심히 밥을 먹다가
갑자기 감사한 마음이 들어서
식사기도를 한 번 더 했어요."

"뭐라고 했는데?"

"이 음식이 대단한 음식도 아니고
유명한 음식도 아니지만
제가 날마다 굶지 않고
먹을 수 있게 해주셔서 감사합니다.
저처럼 굶지 않고 잘 사는 사람들이
이 세상 배고픈 사람들을 기억하고
도울 수 있게 해주세요.
또 음식이 귀중한 걸 깨닫게 하셔서
음식물 쓰레기가 많이 나오지 않게 해주세요.
그리고 이 음식 만드느라 수고하신 우리 엄마를
많이 축복해 주세요."

된장찌개와 반찬 두 가지 올려진
간소한 밥상에서 드린 아이의 기도는
세상을 가슴에 품는 기도였습니다.

노는 데 정신 팔려 밥은 꼴찌로 먹었지만
아이의 기도는 일등이었습니다.

설거지 마치고 주방 정리 좀 하고 돌아보니
어느새 아빠 품에서 깊이 잠들어 버린 아이
오늘 늦게 들어와 야단맞을 일이
결국 이렇게 면제가 되고 마네요. ^^

아이의 표현 한 가지를 빌리자면 이 책에 실린 글들이
대단한 내용도 아니고, 제가 유명한 사람도 아니지만
날마다 글로 마음을 나누면서 사람들과 소통하고 싶다는
생각이 들었습니다. 누군가 제 마음 알아주면 기쁘듯이
저도 사람들의 깊은 진심을 들여다보고 그 이야기를 글로
전하는 사람이 되고 싶다는 생각을 해봅니다.

그래서 오늘도 책상 앞에 앉아 글을 씁니다.

방송대본도 쓰고, 그리운 친구들에게 편지도 쓰고,

아이들에게 엄마의 편지를 써서 가방에 넣어줍니다.

그리고 일기도 씁니다. 심리학의 연구 보고서를 보면

일기를 쓰는 사람이 그렇지 않은 사람보다

행복하고 긍정적인 삶을 꾸려나갈 가능성이 높다고 나와

있더군요. 저는 그걸 모르고도 초등학교 1학년 때부터

지금까지 일기를 써왔는데 꾸준한 이 습관은

제 자신에게 상을 주고 싶을 만큼 대견한 일이었다고

생각합니다. 사실 글을 쓰다가 한동안 고민에 빠진 적이

있었는데 그것은 글 쓰는 사람들이 대부분 겪는

고민이었던 것 같습니다. 그 당시 제 마음의 갈등을

그대로 대변해준 좋은 글 한편을 읽고 다시 용기를

얻게 됐는데 다음은 제게 새 힘을 실어준 글입니다.

좋은 글을 쓰고 싶다는 것은 좋은 삶을 살고 싶다는 뜻이고

좋은 삶을 살고 싶다는 것은 진실하게 살고 싶다는 의미이다.

그러므로 글과 진실은 하나가 되어야 한다.

그런데 글을 계속 쓰다 보면 '진실'이라는 문제에 부딪히게

된다. 글을 쓰는 사람은 자신의 생각과 경험을 신뢰하지만

모든 것을 다 드러낸다고는 할 수 없다. 대부분의 사람들은

자신의 약점을 감추기도 하고 미화하기도 하면서 또

끊임없이 의심하고 반성하고 후회하면서 글을 쓴다.

어느 때는 위선이 아닌가, 갈등하면서 자신의 이중성에

차라리 글쓰기를 멈추고 싶어진다. 하지만 고맙고 아름다운

것은 그러면서 차츰 진실에 가까이 간다는 것이다.

글을 쓴다는 것은 누구에게도 완성이나 만족의 세계가 아니다.

늘 부족한 상태로, 끊임없이 흔들리면서 보다
가치 있고 풍성한 세계를 향해 꾸준히 나아가는
발걸음이다.

정용철의 〈희망편지〉 중에서

사람들은 억지스럽지 않은 것을 볼 때 자연스럽다고
말합니다. 꽃과 나무와 하늘처럼,
눈에 보이는 자연처럼 저도 자연스런 글을 쓰고 싶습니다.
그간 짬짬이 썼던 글들을 찾아내고 새로 쓰는 작업을 하며
행복했습니다. 앞으로도 오늘처럼 이렇게
자연스러운 행복을 누리며 살아가고 싶습니다.